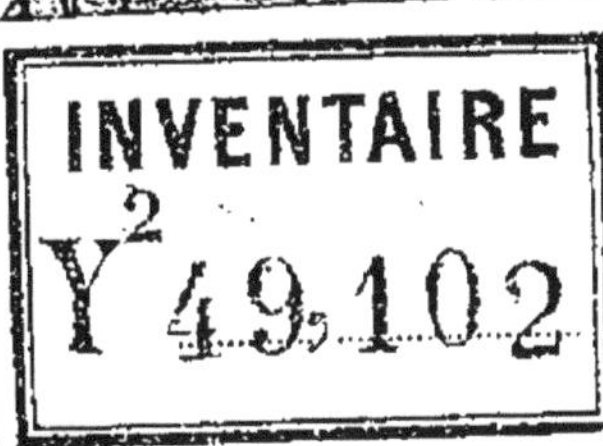

LE MOINE,

ou le

PACTE INFERNAL.

Traduit de l'Anglais.

Tome Quatrième.

PARIS,

BERTRANDET, LIBRe.-ÉDITEUR.

LE

MOINE,

OU

LE PACTE INFERNAL,

TRADUIT DE L'ANGLAIS.

Songes, d... ins, sorciers, fantômes imposteurs,
Prodiges, no... s esprits et magiques terreurs.

...ome 4.

PARIS,

CHEZ BERTRANDET, LIBRAIRE.

1830

LE MOINE.

IX.

Suite.

S'ÉLOIGNANT alors promptement de la table, il retourna prendre le siége qu'il avait quitté. Lorsque Flore revint avec de la lumière, tout parut se retrouver exactement comme elle l'avait laissé.

Le Médecin déclara qu'Antonia pourrait quitter la chambre le lendemain, sans aucun danger. Il lui recommanda de suivre l'ordonnance qui, la veille, lui avait procuré une bonne nuit. Flore observa que la potion était prête sur la table. Il conseilla á la malade de la prendre sur-le-champ; puis il s'en alla. Flore mit la potion dans un verre, et la présenta à sa maîtresse. Dans ce moment, Ambrosio sentit son courage défaillir. Matilde ne pouvait-elle pas l'avoir trompé? La jalousie ne pouvait-elle pas l'avoir engagée à faire périr sa rivale, et á substituer un poison á un opium? Cette supposition lui parut si possible, qu'il fut sur le point d'empêcher Antonia d'avaler le breuvage ; mais il se décida trop tard. Le verre était déjà vide, et la malade l'avait rendu á Flore. Il n'y avait plus de remède. Ambrosio ne put plus qu'attendre avec une mortelle impatience l'instant qui devait décider de la vie ou de la mort d'Antonia, de son propre bonheur, ou de son désespoir.

Craignant d'élever des soupçons par sa présence, ou de se trahir lui-même par l'agitation de son esprit, il prit congé de sa victime, et sortit de la chambre. Antonia lui dit adieu avec moins de bienveillance qu'á l'ordinaire. Flore avait observé á sa maîtresse que c'était désobéir aux ordres de sa mère, que de recevoir les visites de cet homme ; elle lui avait peint le trouble dans lequel il était en entrant dans la chambre, et le feu qui sortait de ses yeux lorsqu'il les fixait sur elle. Tout cela avait échappé á Antonia, mais non à la suivante, qui, expliquant alors á sa maîtresse, un peu moins délicatement, mais beaucoup plus clairement que ne l'avait fait Elvire, et les desseins du Moine, et les conséquences qui pouvaient en résulter, avait réussi á alarmer la jeune personne, et á lui persuader de la tenir á une plus grande distance qu'elle n'avait fait jusqu'alors. L'idée d'obéir á sa mère, détermina tout d'un coup Antonia. Quoiqu'affligée de se priver de la société d'Ambrosio, elle prit assez sur elle pour le recevoir avec réserve et froideur. Elle le remercia respectueusement de ses premières visites ; mais elle ne l'invita point à les renouveler. Il n'était pas alors de l'intérêt du Moine de demander á être admis chez elle, et il prit congé comme s'il ne se fût pas proposé de revenir. Flore, persuadée que la liaison qu'elle avait redoutée était ainsi tout-á-fait rompue, commença à douter de la justice de ses soupçons. En descendant avec lui l'escalier, elle le remercia d'avoir travaillé á détruire dans l'esprit de sa maîtresse les terreurs superstitieuses que lui inspirait la prédiction du revenant : elle ajouta que, comme il paraissait prendre intérêt au bien-être de Donna Antonia, s'il survenait à sa situation quelque changement avantageux, elle aurait soin de l'en instruire. Le Moine, en lui répondant, éleva la voix á dessein, espérant que Jacinthe l'entendrait. Cela lui réussit. Lorsqu'il fut au bas de l'escalier avec sa conductrice, l'hôtesse ne manqua pas de paraître.

« Quoi donc? dit-elle. Sûrement vous

ne vous en allez pas, mon Révérend Père? Ne m'avez-vous pas promis de passer la nuit dans la chambre où il revient? Doux Jésus! Vous allez me laisser seule avec le revenant, et je ferai une belle figure demain matin! Quelque chose que j'aie pu faire et dire, ce vieil imbécille de Simon Gonzalès n'a pas voulu m'épouser aujourd'hui, et avant qu'il soit demain je serai probablement mise en pièces par le revenant, les farfadets et tous les diables de l'enfer. Pour l'amour de Dieu, votre Révérence, ne me laissez pas dans ce triste état. Je vous supplie á genoux de tenir votre parole. Passez la nuit dans la chambre où il revient. Envoyez l'esprit dans la mer Rouge, et Jacinthe se souviendra de vous dans ses prières jusqu'á la fin de sa vie ».

Ambrosio s'attendait à cette prière, et la désirait. Cependant il affecta de faire quelques objections, et de ne vouloir pas tenir sa promesse. Il dit á Jacinthe que le revenant n'existait que dans sa tête, et qu'il était inutile et ridicule d'insister pour qu'il passât la nuit dans la maison. Jacinthe s'obstina. Elle ne voulut rien entendre. Elle le pressa si vivement de ne pas l'abandonner au diable, qu'enfin il se rendit à ses instances. Cette résistance apparente n'en imposa pas á Flore, qui était naturellement défiante. Elle soupçonna le Moine de jouer un rôle contraire á son inclination, et présuma qu'il ne demandait pas mieux que de rester où il était. Elle alla même jusqu'á croire que Jacinthe était d'accord avec lui, et la pauvre bonne femme ne lui parut pas autre chose qu'une entremetteuse. En s'applaudissant intérieurement d'avoir découvert ce complot formé contre l'honneur de sa maîtresse, elle résolut en secret de le rendre inutile.

« Ainsi donc, dit-elle au Prieur avec un regard demi-satyrique et demi-mécontent, ainsi vous vous proposez de passer ici la nuit. Ah! mon Dieu, soit; personne ne vous en empêchera. Je veillerai aussi, moi; et Dieu veuille que je ne voie pas quelque chose de pire que des esprits. Je ne m'éloignerai pas de toute la nuit du lit de Donna Antonia; que quelqu'un ose entrer dans sa chambre, et quel qu'il soit, corps ou esprit, revenant, diable ou homme, je réponds qu'il se repentira d'en avoir touché le seuil ».

Cet avis était assez clair, et Ambrosio le comprit. Mais au lieu de s'apercevoir de ses soupçons, il répondit doucement qu'il aprouvait la conduite de la duègne, et qu'il l'invitait á suivre son intention. Elle l'assura qu'elle n'y manquerait pas.

Jacinthe le conduisit dans la chambre où le revenant avait paru, et Flore retourna dans la chambre de sa maîtresse.

Jacinthe ouvrit en tremblant la porte de l'appartement où Elvire était morte. A peine osa-t-elle y jeter un regard. Mais pour tout l'or de l'Inde, elle ne se serait pas hasardée á y entrer. Elle donna la lumière au Moine, lui souhaita une bonne nuit et s'en alla bien vîte. Ambrosio entra, ferma la porte au verrou, plaça la bougie sur la table et s'assit dans le fauteuil, qui, deux jours auparavant, avait reçu Antonia. Malgré les assurances de Matilde que le fantôme était imaginaire, son ame était frappée d'une espèce d'horreur religieuse; il essaya vainement de la surmonter. Le silence de la nuit, l'histoire de l'apparition, la chambre boisée en vieux panneaux de chêne enfumés, le souvenir d'Elvire qu'elle lui rappelait, et surtout l'incertitude où il était sur l'effet des gouttes qu'il avait donnés à Antonia, tout concourait à rendre pénible sa situation actuelle. Mais il pensait moins à l'esprit qu'au poison. S'il avait tué le seul objet qui lui faisait aimer la vie, si la prédiction du fantôme allait se trouver vraie; si dans trois jours Antonia n'était plus, et s'il avait le malheur d'être cause de sa mort.... la supposition était trop horrible pour s'y arrêter. Il avait beau chasser ces tristes images, elles se présentaient toujours á lui. Matilde l'avait assuré que les effets de l'opium seraient rapides. Il écoutait avec une crainte mêlée de désir, s'attendant toujours á entendre quelque tumulte dans la chambre voisine. Tout était tranquille. Il en conclut que les gouttes n'avaient pas encore commencé á opérer. Il courait alors une terrible chance ; un moment allait décider de son malheur ou de sa félicité. Matilde lui avait indiqué le moyen de s'assurer que la vie n'était pas éteinte pour toujours. De ces épreuves dépendaient toutes ses espérances. Son impatience croissait á chaque instant. Ses terreurs devenaient de plus en plus vives, son inquiétude plus pressante. Ne pouvant supporter cet état d'incertitude, il tâcha de s'en distraire en pensant à quelqu'autre chose. Les livres, comme on l'a vu, étaient rangés sur des rayons auprès de la table. Celle-ci était en face du lit, qui était placé dans une alcove auprès de la porte du cabinet. Ambrosio prit un volume et en lut quelques lignes. Mais son esprit était bien loin des phrases qui étaient sous ses yeux. L'image d'Antonia et celle d'Elvire assassinée s'étaient emparées de son imagination et l'occupaient toujours. Il continua cependant á lire. Mais ses yeux seuls parcouraient les caractères, sans que leur signification parvînt à sa pensée.

Telle était son occupation, lorsqu'il crut entendre marcher quelqu'un. Il tourna la tête, et ne vit personne. Il reprit son livre. Quelques minutes après, le même bruit se répéta, et fut suivi d'une espèce de fraulement, qui paraissait se faire tout auprès de lui. Se levant alors brusquement de dessus son siége, il regarde de tous côtés, et s'aperçoit que la porte du cabinet est entr'ouverte. Lorsqu'il était entré dans la chambre, il avait inutilement essayé de l'ouvrir, parce qu'elle était fermée en dehors.

« Qu'est-ce que ceci? se dit-il à lui-même, comment cette porte se trouve-t-elle ouverte » ?

Il avance de ce côté, pousse la porte et regarde dans le cabinet. Il n'y avait personne. Il écoute, incertain, et croit distinguer un gémissement dans la chambre voisine : c'était celle d'Antonia. Il présuma que les gouttes commençaient á opérer. Mais en écoutant plus attentivement, il reconnut que le bruit venait de madame Jacinthe, qui s'était endormie á côté du lit d'Antonia et qui ronflait tout haut. Ambrosio se retira, et rentra dans l'autre pièce, en rêvant sur l'ouverture de la porte qu'il tâchait en vain d'expliquer.

Il se promena quelque temps en silence. Puis, il s'arrêta, et ses regards tombèrent sur le lit. Le rideau de l'alcove était à demi-tiré ; un soupir lui échappa.

« Ce lit, dit-il à voix basse ; ce lit était celui d'Elvire. C'est-lá qu'elle a passé plusieurs nuits paisibles ; car elle était bonne et innocente. Comme son sommeil doit avoir été tranquille ! Et cependant, elle repose à présent encore plus tranquillement ; mais est-il vrai qu'elle soit en repos? Ah ! Dieu veuille que cela soit. Si elle allait sortir de son tombeau au milieu de cette nuit silencieuse ! Si elle s'échappait des liens de la mort, et qu'elle vînt présenter à mes yeux sa figure irritée ! Ah ! je ne pourrais supporter cet aspect. La revoir encore en proie aux dernières agonies, voir ses veines gonflées, son teint livide, ses yeux chassés de leur orbite ! L'entendre m'annoncer les châtimens á venir ; et me menacer de la vengeance céleste, me reprocher les crimes que j'ai commis, et ceux que je vais commettre... Grand Dieu ! qu'est-ce que ceci » ?

Ses yeux, fixés sur le lit, avaient vu le rideau s'agiter doucement, en avant et en arrière. Ceci lui rappela l'apparition, et il crut presque qu'il voyait le fantôme d'Elvire couché sur son lit. Quelques momens de réflexion suffirent pour le rassurer.

« Ce n'était que le vent, dit-il, en reprenant courage ».

Il se promena encore en long et en large dans la chambre : mais un sentiment involontaire de crainte et d'inquiétude conduisait toujours ses regards vers l'alcove. Il s'arrêta, avant de monter quelques marches qui y conduisaient. Trois fois il avança la main pour tirer le rideau ; trois fois il la retira, prêt à y toucher.

« Terreurs absurdes » ! s'écria-t-il enfin, honteux de sa faiblesse.

Il monte les marches avec vivacité..... Tout-á-coup une figure, vêtue de blanc, sort brusquement de l'alcove, et glissant á côté de lui, s'avance avec précipitation vers le cabinet. La honte et le danger rendirent alors au Moine le courage dont jusqu'alors il avait manqué ; descendant promptement les marches, il poursuit la figure, et ose la saisir.

« Fantôme ou diable, qui que tu sois, je te tiens » ! s'écria-t-il, en secouant le spectre par le bras.

« Jésus, mon Dieu, dit une voix grêle ; Révérend Père, comme vous me serrez ! Je vous jure que je ne voulais point faire de mal ».

Ce discours, aussi bien que le bras qu'il tenait, convainquirent le Prieur que le prétendu revenant était un composé très-substantiel de chair et d'os. Il conduisit l'indiscrète vers la table, et lui présentant la lumière au visage, il reconnut... Mademoiselle Flore.

Furieux d'avoir été conduit par une cause si méprisable á des craintes ridicules, il lui demanda, d'un ton sévère, quelle affaire l'avait amenée dans cette chambre. Flore, honteuse d'être découverte, et effrayée de la sévérité des regards d'Ambrosio, tomba à genoux, et promit de lui faire un aveu complet.

« Je vous proteste, mon Révérend Père, lui dit-elle, que je suis bien fâchée de vous avoir troublé. Rien n'était plus loin de mon intention. Je me proposais de sortir de la chambre aussi tranquillement que j'y suis entrée, et si vous aviez ignoré que je vous eusse observé, vous savez bien que ç'eût été la même chose que si je ne vous eusse pas observé du tout. Certainement j'ai eu tort de vous espionner, de cela—j'en conviens. Mais, mon Dieu, ne déplaise á votre Révérence, voulez-vous qu'une pauvre fille résiste á la curiosité? J'en avais une si grande de savoir ce que vous faisiez, que je n'ai pu résister au désir de regarder un peu, sans que personne en sût rien. De façon que j'ai laissé Madame Jacinthe assise á côté du lit de ma maîtresse, et j'ai hasardé d'entrer dans le cabinet. Ne voulant pas vous interrompre, je me suis d'abord contentée de regarder par le trou de la serrure; mais, comme de cette manière je ne pouvais rien voir, j'ai tiré le verrou, et tandis que vous aviez le dos tourné á l'alcove, je m'y suis glissée doucement et sans faire de bruit ; j'y ai resté blottie derrière le rideau jusqu'au moment où votre Révérence m'a trouvée et m'a saisie avant que j'entrasse dans le cabinet. Voilá toute la vérité, mon Révérend Père, je vous assure, et je vous demande mille fois pardon de mon impertinence ».

Pendant ce discours, le Prieur avait eu le temps de se recueillir. Il se contenta de faire á la coupable un sermon sur les dangers auxquels expose la curiosité, et sur la bassesse de l'action dans laquelle elle avait été surprise. Flore déclara qu'elle reconnaissait son tort ; elle promit de ne jamais retomber dans la même faute ; et elle se retirait toute honteuse dans la chambre d'Antonia, lorsque tout-à-coup la porte du cabinet s'ouvrit avec violence, et Jacinthe entra toute hors d'haleine.

« Ah ! mon Père ! mon Père ! s'écria-t-elle d'une voix presque étouffée par la terreur, que faire ! Mon Dieu, que faire ? voilá de cruelles choses ! Toujours des malheurs ! toujours des morts et des mourans ! Ah ! j'en deviendrai folle ! j'en deviendrai folle » !

« Parlez! parlez donc, dirent á la fois Flore et le Religieux. Qu'est-il arrivé? qu'est-ce qu'il y a »?

« Ah! je vais encore avoir un mort dans ma maison! Quelque sorcière a sûrement jeté un sort sur moi et sur toutce qui m'appartient. Pauvre Donna Antonia! la voilá dans des convulsions pareilles á celles qui ont tué sa mère. L'esprit lui a dit vrai, je suis sûre que le revenant lui a dit vrai ».

Flore courut, elle vola vers la chambre de sa maîtresse. Ambrosio la suivit, palpitant de crainte et d'espérance; ils trouvèrent Antonia, comme Jacinthe le leur avait annoncé, en proie á des convulsions effroyables, dont ils cherchèrent en vain à la soulager. Le Moine dépêcha vîte Jacinthe au couvent, et la chargea d'emmener avec elle le Père Pablos, sans perdre un instant.

« Je vais le chercher, reprit Jacinthe, je lui dirai de venir. Mais quant á le ramener, je n'en ferai rien; je suis sûre que la maison est ensorcelée, et je veux être brûlée, si jamais j'y remets le pied ».

Elle partit dans cette résolution pour le monastère, et transmit au Père Pablos les ordres du Prieur; elle se rendit de-lá á la maison de Simon Gonzalès, qu'elle résolut de ne point quitter qu'elle n'en eût fait son mari, et qu'elle n'eût établi chez lui son domicile.

Le Père Pablos n'eut pas plutôt vu Antonia, qu'il déclara qu'il n'y avait point de remède. Les convulsions continuèrent pendant une heure; ses tourmens, pendant cet espace de temps, furent moindres que ceux qui déchiraient le cœur d'Ambrosio. Chacun des gémissemens de l'infortunée était pour lui un coup de poignard, et il se maudit mille fois pour avoir adopté un projet si barbare. Au bout d'une heure, les accès devinrent moins fréquens; Antonia parut moins agitée : elle sentit que sa fin approchait, et que rien ne pouvait la sauver.

«Digne Ambrosio, dit-elle d'une voix faible, en pressant sur ses lèvres la main du Religieux; il m'est permis, á présent de vous dire combien mon cœur est reconnaissant de vos attentions et de votre bonté pour moi. Me voici au lit de la mort; dans une heure, je ne serai plus. Je peux donc, en ce moment, vous avouer, sans réserve, combien il m'était pénible de perdre votre société. Mais c'était la volonté de ma mère, et je n'osais y désobéir. Je meurs sans répugnance. Peu de gens auront regret de me perdre. Il en est peu aussi que je regrette de quitter. Dans ce petit nombre, il n'en est aucun que je regrette plus que vous; mais nous nous reverrons, Ambrosio. Nous nous retrouverons un jour dans le ciel. Lá, notre amitié recommencera, et ma mère la verra avec plaisir.

Elle s'arrêta. Le Moine trembla, lorsqu'elle parla d'Elvire. Antonia attribua cette émotion á l'intérêt et á la pitié qu'elle lui inspirait.

« Je vous afflige, mon Père, continua-t-elle. Ah! ne déplorez pas ma mort! Je n'ai á me repentir d'aucun crime, d'aucun que je connaisse du moins, et je rends mon ame, sans frayeur, á celui de qui je l'ai reçue. J'ai peu de choses à demander, j'espère qu'on me les accordera. Je désire que l'on dise une grand'messe pour le repos de mon ame, et une pour celui de l'ame de ma chère maman; non pas que je doute qu'elle ne repose en paix. Je suis à présent convaincue que mon imagination était égarée lorsque j'ai cru la voir, et la fausseté de la prédiction qui me laissait l'espoir de la revoir me démontre mon erreur. Chacun a ses péchés; ma mère peut en avoir commis quelques'uns, quoique je les ignore. Je souhaite donc qu'on dise pour elle une grand'messe, dont les frais seront pris sur le peu que je possède. Je donne tout le reste á ma tante Léonelle. Lorsque je serai morte, qu'on fasse savoir au Marquis de Las Cisternas que la malheureuse famille de son frère ne peut plus l'importuner. Mais le malheur me rend injuste : on m'a dit qu'il était malade, et peut-être, s'il l'avait pu, il m'aurait rendu service. Bornez-vous donc, mon Père, á lui dire que je suis morte, et que, s'il y a eu quelques torts envers moi, je les lui pardonne de tout mon cœur. Après cela, je n'ai plus rien à désirer, qu'une part dans vos prières. Promettez-moi de vous souvenir de ce que je vous demande, et je quitterai la vie sans regret et sans chagrins ».

Ambrosio lui promit tout ce qu'elle voulut, puis il lui donna l'absolution. Chaque instant annonçait la fin d'Antonia. Sa vue s'affaiblissait, son cœur battait plus lentement ; les extrémités, déjá froides, se roidissaient : à deux heures du matin elle expira, sans jeter un soupir. Aussitôt qu'elle eut cessé de respirer, le Père Pablos se retira sincèrement affecté de cette scène touchante. Flore, de son côté, se livra au chagrin le plus extrême. Des idées bien différentes occupaient Ambrosio ; il cherchait le pouls, dont le mouvement, d'après ce qui lui avait dit Matilde, devait prouver que la mort d'Antonia ne serait que passagère. Il le trouva, le pressa, sentit sous son doigt une légère palpitation, et son cœur fut rempli de joie. Cependant il cacha avec soin le plaisir que lui causait le succès de ses mesures. Prenant un air triste il exhorta sérieusement Flore à ne se point trop livrer á un chagrin inutile ; mais les larmes de la fidelle suivante étaient trop sincères pour qu'elle pût écouter ses conseils, elle continua á pleurer amèrement. Le Moine se retira, promettant de donner lui-même les ordres nécessaires pour l'enterrement, qu'il aurait soin, dit-il, en considération de Madame Jacinthe, de faire faire le plutôt possible. Plongée dans la douleur de la perte de sa chère maîtresse, Flore faisait á peine attention á ce qu'il disait. Ambrosio se dépêcha de commander l'enterrement. Il obtint de l'Abbesse la permission que le corps fût déposé dans le caveau de Sainte-Claire ; et le Vendredi matin, après les cérémonies d'usage, Antonia fut portée au tombeau.

Le même jour Léonelle arriva á Madrid, se proposant de présenter á Elvire son jeune époux. Différentes circonstances lui avaient fait retarder son voyage du Mardi au Vendredi, et elle n'avait pas eu d'occasion pour faire savoir ce changement à sa sœur. Comme elle avait le cœur véritablement bon, et qu'elle avait toujours été tendrement attachée á Elvire et á sa fille, sa surprise, en apprenant leur triste et soudaine mort, fut égale á sa douleur.

Ambrosio l'envoya instruire du legs d'Antonia. Elle le pria, lorsqu'il aurait payé les petites dettes d'Elvire, de lui faire passer le reste. Cette affaire étant arrangée, comme elle n'avait plus rien à faire à Madrid, elle retourna en toute diligence à Cordoue.

X.

« Oh ! s'il m'était permis de rendre un culte à quelque objet terrestre, réel ou imaginaire, liberté sainte, tu recevrais mes vœux. Je t'élèverais de ma main un autel, et sans confier à des mains mercenaires le soin de le décorer, je l'ornerais moi-même des plus belles fleurs champêtres, qui jamais aient paré la verdure ou parfumé les airs ».

COWPER.

LORENZO, uniquement occupé à livrer á la justice les assassins de sa sœur, ne se doutait pas de tous les malheurs qui, d'un autre côté, lui arrivaient á lui-même. Il n'arriva à Madrid que le soir du jour qu'Antonia avait été enterrée. Obligé de signifier au grand Inquisiteur l'ordre du Cardinal-Duc, formalité essentielle dans un cas où il était question d'arrêter publiquement un membre de l'église, de communiquer son projet á son oncle et á Don

Ramirez, et d'assembler une suite assez nombreuse pour n'avoir á craindre aucune résistance, il n'eut pas un instant á perdre pendant le peu de temps qui lui restais jusqu'á minuit. Il ne put en conséquence, s'informer des nouvelles de sa maîtresse, et il ignorait complètement la mort de la mère et celle de la fille.

Le Marquis n'était pas, á beaucoup près, hors de danger. Son délire était passé; mais il lui restait un tel épuisement, que les médecins n'osaient prononcer sur ce qui pouvait en résulter. Quant á lui, il ne souhaitait rien tant que de rejoindre Agnès dans le tombeau. L'existence lui était devenue odieuse, il ne voyait rien dans le monde qui méritât de l'occuper ; le seul espoir qui le flattât, était d'apprendre en même-temps qu'Agnès était vengée, et que lui-même était condamné à mourir.

Accompagné de tous les vœux de Don Raymond, Lorenzo était á la porte de Sainte-Claire une grande heure avant le moment indiqué par la Mère Sainte-Ursule. Il avait avec lui son oncle Don Ramirez de Mello, et une petite troupe d'archers choisis. Quoique leur nombre fût assez considérable, il n'étonna personne. Il y avait déjá devant la porte du couvent une grande foule, qui s'y était rassemblée pour voir la procession. Il était naturel de supposer que Lorenzo et sa suite y étaient venus pour le même objet. Le peuple ayant reconnu le Duc de Médina, se retira, et laissa son grouppe passer sur le devant. Lorenzo se plaça en face de la grande porte, par laquelle devaient passer les pélerins. Convaincu que la Prieure ne pouvait lui échapper, il attendit patiemment qu'elle parût. On l'attendait à minuit précis.

Les Religieuses étaient occupées à remplir les cérémonies instituées en l'honneur de Sainte-Claire, et auxquelles aucun profane n'était admis. Les fenêtres de la chapelle étaient fort éclairées. On entendait du dehors les sons harmonieux de l'orgue, qui, mêlés à plusieurs voix de femmes, perçaient le silence de la nuit. Ce chœur cessa, et l'on entendit une voix seule ; c'était celle de la personne destinée à faire dans la procession le rôle de Sainte-Claire. On choisissait toujours pour cet emploi la plus belle fille de Madrid, et celle sur qui le choix tombait le regardait comme un honneur insigne. Le peuple, attentif à la musique, dont les sons éloignés n'étaient que plus doux, gardait un silence religieux. Un recueillement profond régnait dans toute la foule. Tous les cœurs étaient pénétrés de respect pour les saints mystères, — tous, excepté celui de Lorenzo. Sachant que parmi ces femmes, dont les voix harmonieuses chantaient avec tant de douceur les louanges de Dieu, plusieurs couvraient du manteau de la religion les crimes les plus noirs, il n'écoutait qu'avec horreur leurs hymnes hypocrites. Depuis long-temps il s'affligeait de voir la superstition qui gouvernait les habitans de Madrid. Son bon sens lui avait fait pénétrer les artifices des Moines, l'obscurité de leurs miracles, la sottise de leurs légendes et la fausseté de leurs reliques supposées. Il rougissait de voir ses compatriotes dupes d'illusions si grossières, et ne souhaitait rien tant que de trouver une occasion pour les délivrer de leurs ridicules entraves. Cette circonstance, si long-temps désirée, se présentait enfin. Il était résolu de ne pas la laisser échapper. Il se promettait de montrer au peuple, sous les plus vives couleurs, les abus honteux qui se pratiquaient trop souvent dans le secret des monastères, et de lui faire voir combien peu était mérité le respect dont on honorait, sans distinction, tout ce qui portait un habit religieux. Il soupirait après le moment qui devait démasquer l'hypocrisie, et convaincre ses concitoyens qu'on ne trouve pas toujours un cœur vertueux sous l'extérieur d'un saint. Le service dura jusqu'á ce que la cloche du couvent annonçât minuit. Aussitôt qu'elle eut sonné, la musique cessa, les voix cessèrent par degrés de se faire entendre. Lorenzo se voyant si près de l'exécution de son projet, sentit battre son cœur. Vu la superstition du peuple, il s'était préparé á quelque résistance; mais il se flattait que la Mère Sainte-Ursule donnerait de bonnes raisons pour justifier sa démarche. Il avait avec lui assez de forces pour repousser le premier effort de la populace, jusqu'á ce qu'il pût se faire entendre. Sa seule crainte était que la Supérieure soupçonnant son dessein, n'eût découragé la Religieuse de la déposition de qui tout dépendait. Si la Mère Sainte-Ursule n'était pas présente, il ne pouvait accuser la Supérieure sur un simple soupçon; et cette réflexion lui donnait quelques craintes sur le succès de son entreprise. La tranquillité qui paraissait régner dans le couvent, le rassurait en partie. Cependant il attendait avec inquiétude le moment où la présence de son alliée devait dissiper tous ses doutes.

Le couvent des Dominicains n'était séparé de celui de Sainte-Claire que par le lieu de sépulture et le jardin. Les Moines avaient été invités á assister à la procession. Ils arrivèrent alors, marchant deux á deux, tenant á leur main des cierges allumés, et chantant des hymnes en l'honneur de Sainte-Claire. Le Père Pablos était à leur tête, le Prieur s'étant excusé d'y aller. Le peuple fit place à la troupe sainte, et les Moines se placèrent sur deux lignes aux deux côtés de la grande porte. Quelques minutes suffirent pour arranger l'ordre de la procession. Lorsque tout fut disposé, les portes du couvent s'ouvrirent, et l'on recommença à entendre les Religieuses chantant à plein chœur. D'abord parut une troupe de chantres; aussitôt qu'ils furent passés, les Moines partirent deux à deux, et suivirent à pas lents et mesurés. Les novices venaient ensuite; elles ne portaient point de cierges comme les Professes. Elles marchaient, les yeux baissés, et paraissaient occupées à dire leur chapelet; à celles-ci succédait une jeune et aimable fille, qui représentait Sainte Lucie. Elle tenait un bassin d'or, dans lequel étaient deux yeux. Les siens étaient couverts d'un bandeau de velours, et elle était conduite par une autre Religieuse vêtue en ange. Suivait une Sainte Catherine, tenant d'une main une branche de palmier, et de l'autre une épée; elle était vêtue de blanc, et son front était orné d'un diadême éclatant. Après elle, paraissait Sainte Geneviève entourée d'une foule de petits diablotins, qui, prenant mille postures grotesques, la tiraient par sa robe et faisaient autour d'elle mille bouffonneries, pour tâcher de distraire son attention d'un livre sur lequel ses yeux étaient constamment attachés. Ces démons espiègles amusaient fort les spectateurs, qui témoignaient leur joie par de grands éclats de rire. L'Abbesse avait eu soin de choisir pour ce rôle une Religieuse naturellement froide et sérieuse. Elle eut lieu d'être satisfaite de son choix. Les singeries manquèrent complètement leur effet, et les muscles de Sainte Geneviève parurent constamment immobiles. Entre chacune de ces Saintes était un grouppe de chanteuses qui, dans des hymnes, célébraient leurs louanges respectives, et élevaient leurs mérites, qu'elles déclaraient toutefois être fort inférieurs á ceux de Sainte Claire, patrone principale du couvent. Après cela parut une longue suite de Religieuses, portant comme les chantres chacune un cierge. Venaient ensuite les reliques de Sainte Claire, que renfermaient des vases aussi précieux par le travail que par la matière. Toutes ces merveilles attiraient peu les regards de Lorenzo; il n'était occupé que de la Religieuse qui portait le cœur de la Sainte. D'après la description de Théodore, il ne doutait point que ce ne fût la Mère Sainte-Ursule. Elle paraissait regarder autour d'elle avec inquiétude. Ses yeux rencontrèrent ceux de Lorenzo, qui était au premier rang d'une des haies entre lesquelles passait la procession; un mouvement de joie colora ses joues, remarquables jusqu'alors par leur paleur. Elle se tourna avec vivacité vers sa compagne: « Nous sommes sauvées, lui dit-elle tout bas, voilá son frère ».

Lorenzo l'entendit; et son cœur étant désormais en repos, il regarda tranquillement le reste de la cérémonie. Alors parut ce qui en faisait le plus bel ornement. C'était une machine faite en forme de trône, enrichie de pierreries, et éblouissante de lumière. Elle s'avançait sur des roues cachées, et paraissait conduite par d'aimables enfans, vêtus en séraphins. Le sommet était couvert de nuages argentés, sur lesquels reposait la plus belle figure qu'on eût jamais vue. C'était une jeune personne qui représentait Sainte Claire. Son habit était d'un prix inestimable. Une guirlande de diamans formait autour de sa tête une gloire artificielle; mais l'éclat de tous ces ornemens le cédait á celui de ses charmes. A mesure qu'elle avançait, un murmure de plaisir parcourait les rangs de la foule étonnée. Lorenzo lui-même s'avoua en secret qu'il n'avait jamais vu une beauté plus parfaite; et si son cœur n'eût pas déjá appartenu á Antonia, il en eût fait hommage á cette belle vierge. Mais dans l'état où se trouvait son ame, il ne la considéra que comme une belle statue. Elle n'obtint de lui que le tribut d'une admiration insensible ; et lorsqu'elle fut passée, il n'y pensa plus.

« Qui est-elle » ? demanda un spectateur, assez voisin de Lorenzo pour qu'il le pût entendre.

« C'est, répondit quelqu'un, une jeune personne dont vous avez souvent entendu vanter la beauté ; elle s'appelle Virginie de Villa-Franca. C'est une pensionnaire du couvent de Sainte-Claire. Elle est parente de l'Abbesse ; et on l'a choisie avec raison pour en faire l'ornement de la procession ».

L'Abbesse suivait le trône avec un air dévot et un maintien recueilli ; elle marchait à la tête du reste des Religieuses qui fermaient la procession. Sa démarche était grave ; ses yeux étaient levés au ciel ; sa figure calme et tranquille annonçait le détachement de toutes les choses de ce monde. Aucun de ses traits ne trahissait l'orgueil secret avec lequel elle étalait la pompe et l'opulence de sa maison. Les prières du peuple la précédaient ; elle était suivie de ses bénédictions. Mais quelle fut sa surprise, quelle fut la confusion générale, lorsque Don Ramirez, s'avançant vers elle, lui déclara qu'elle était sa prisonnière.

Immobile et muette d'étonnement, l'Abbesse, après le premier moment, revint á elle-même, et criant au sacrilége, á l'impiété, invita le peuple á venir au secours des filles du Seigneur. On se préparait á lui obéir, lorsque Don Ramirez, opposant ses archers á leur fureur, commanda aux plus avancés de l'arrêter, et les menaça de toutes les vengeances de l'inquisition. A ce nom redouté, tous les bras tombèrent, toutes les épées furent remises dans le fourreau. L'Abbesse ellemême pâlissant, commença á trembler. Le silence général la convainquit quelle n'avait rien á espérer que de son innocence; et d'une voix troublée, elle pria Don Ramirez de lui apprendre de quel crime elle était accusée.

« Vous le saurez, répondit-il, quand il en sera temps. Mais d'abord, je dois m'assurer de la Mère Sainte-Ursule ».

« De la Mère Sainte-Ursule ! répéta l'Abbesse d'une voix troublée ».

Et jetant alors les yeux autour de Don Ramirez, elle vit Lorenzo et le Duc qui avaient suivi cet officier.

« Grand Dieu ! s'écria-t-elle en joignant les mains avec l'air du désespoir, je suis trahie » !

« Trahie ! reprit la Mère Sainte-Ursule, qui arriva alors, conduite par quelques-uns des archers, et suivie de la Religieuse qui l'accompagnait à la procession ; non pas trahie, mais dénoncée. Reconnaissez en moi votre accusatrice. Vous ne savez pas jusqu'à quel point je suis instruite de vos crimes. Seigneur, continua-t-elle, s'adressant á Don Ramirez, je me remets sous votre garde. J'accuse l'Abbesse de Sainte-Claire d'assassinat, et je réponds, sur ma vie, de la vérité de l'accusation ».

Un cri général de surprise s'éleva de toutes les parties de l'assistance. On demanda hautement une explication. Les Religieuses, tremblantes, effrayées du bruit et du désordre, se dispersèrent, et s'enfuirent de côté et d'autre. Quelques-unes regagnèrent le couvent ; d'autres cherchèrent un asyle dans la demeure de leurs parens. Plusieurs, uniquement occupées du danger actuel, et ne songeant qu'á éviter le tumulte, couraient au travers des rues sans savoir où elles allaient. L'aimable Virginie fut une des premières á s'enfuir. Elle avait laissé son trône vacant ; et le peuple, pour mieux entendre la Mère Sainte-Ursule, voulut absolument qu'elle montât dessus pour le haranguer. La Religieuse y consentit ; elle monta sur la brillante machine, et s'adressa en ces termes à la foule qui l'entourait :

« Quelqu'étrange, quelque peu convenable que puisse paraître ma conduite dans une femme, et surtout dans une Religieuse, la nécessité me servira d'excuse. Un secret, un horrible secret pèse sur mon ame. Je ne peux jouir d'aucun repos que je ne l'aie révélé au monde entier, et que je n'aie appaisé le sang innocent qui me crie vengeance du fond de son tombeau. J'ai beaucoup risqué pour me procurer cette occasion de soulager ma conscience. Si j'avais échoué dans mes efforts pour décéler le crime, si l'Abbesse avait seulement soupçonné que ce mystère d'iniquité me fût connu, ma perte était inévitable. Les anges de lumière qui veillent sans cesse sur ceux qui méritent leur faveur, m'ont aidée à cacher mon projet. Il m'est donc permis enfin de faire un récit dont les circonstances glaceront d'horreur toutes les ames sensibles. Je prends à tâche de déchirer le voile de l'hypocrisie, et d'apprendre aux parens égarés á quels dangers est exposée la malheureuse femme qu'ils ont une fois soumise à l'empire d'un tyran monastique ».

« Parmi les Religieuses de Sainte-Claire, aucune n'était plus aimable, aucune n'était plus douce qu'Agnès de Médina ; je la connaissais parfaitement. J'étais son amie, sa confidente; je n'étais pas la seule qui eût pour elle une tendre amitié; sa piété vraie, son empressement á obliger, son caractère angélique, la faisaient chérir de tout ce qu'il y avait d'estimable dans la communauté. L'Abbesse elle-même, vaine, sévère et scrupuleuse, ne pouvait refuser á Agnès une approbation qu'elle n'accordait á personne. Chacun a quelque défaut. Hélas! Agnès eut une faiblesse; elle viola les lois de notre ordre, et encourut la haine de l'implacable Abbesse. Les règles de Sainte-Claire sont sévères, mais antiques et négligées; plusieurs, depuis quelques années, étaient restées dans l'oubli, ou, par un consentement général, avaient été remplacées par des dispositions plus douces. La peine attachée au crime d'Agnès était cruelle; elle était barbare. La loi était, depuis long-temps, tombée en désuétude. Hélas! elle existait encore, et la vindicative Abbesse se décida á la faire revivre. Cette loi ordonnait que la coupable fût plongée dans un cachot secret, spécialement destiné à cacher éternellement au monde entier la victime d'une superstitieuse tyrannie. Dans cette triste demeure, elle devait être en proie á une solitude perpétuelle, privée de toute société, et crue morte de tous ceux que des liaisons de famille ou d'amitié auraient pu engager á tâcher de la secourir. Ainsi devait-elle languir, le reste de ses jours, sans autre nourriture que du pain et de l'eau, sans autre consolation que la facilité de donner un libre cours á ses larmes ».

L'indignation élevée par ce récit fut si violente, que, pendant quelques momens, elle interrompit la narration de la Mère Sainte-Ursule. Lorsque l'agitation eut cessé, et que le silence eut recommencé à régner dans l'auditoire, elle reprit son discours, pendant lequel, à chaque phrase, les terreurs de l'Abbesse paraissaient augmenter.

« On assembla un conseil de douze anciennes Religieuses ; j'étais du nombre. La Prieure peignit de couleurs exagérées les torts d'Agnès, et n'eut pas de scrupule de proposer la remise en vigueur de cette loi presque oubliée. Je dois le dire á la honte de notre sexe : ou le pouvoir de l'Abbesse était si absolu dans le couvent, ou le malheur, la solitude et les austérités avaient tellement endurci les cœurs de nos anciennes, et aigri leurs caractères, que cette barbare proposition obtint neuf voix sur douze. Je n'étais pas une des neuf : j'avais eu de fréquentes occasions de me convaincre des vertus d'Agnès ; j'avais pour elle un tendre attachement, je compatissais á sa faiblesse, et j'avais pitié de son malheur. Les Mères Berthe et Cornélie se mirent de mon côté ; nous fîmes la plus forte opposition, et la Supérieure se trouva forcée de changer de projet ; quoique la majorité fût de son avis, elle craignit de braver le nôtre ouvertement. Elle savait que, soutenues par la famille de Médina, nous serions assez fortes pour l'emporter ; elle n'ignorait pas non plus que c'en serait fait d'elle, si Agnès une fois enfermée, et crue morte, venait á être découverte ; elle renonça donc, quoiqu'avec beaucoup de répugnance, á son dessein. Elle demanda quelque jours pour trouver un genre de punition qui pût être approuvé de toute la communauté, et promit, aussitôt qu'elle aurait pris une résolution, de rassembler le même conseil. Deux jours se passèrent. Le soir du troisième, on annonça que le lendemain Agnès serait interrogée, et que, suivant la conduite qu'elle tiendrait en cette occasion, sa peine serait augmentée ou mitigée ».

« Dans la nuit qui précéda cet examen, indignée, je me glissai dans la cellule d'Agnès á une heure où je supposais les autres Religieuses endormies. Je la consolai autant qu'il m'était possible ; je l'invitai á prendre courage ; je lui dis de compter sur l'appui de ses amis, et je convins avec elle de certains signes, par lesquels je me proposais de l'engager à répondre par oui, ou par non, aux questions de l'Abbesse ; sachant que son ennemie chercherait à l'effrayer et á l'embarrasser, je craignais qu'on ne lui surprît quelque aveu préjudiciable á ses intérêts. Je voulais tenir ma visite secrète, et je restai peu de temps avec Agnès. Je la pressai de ne point se laisser abattre: mêlant mes larmes á celles qui inondaient son visage, je l'embrassai tendrement ; et j'étais sur le point de me retirer, lorsque j'entendis marcher quelqu'un qui s'approchait de la cellule ; je m'éloignai vite de la porte. Un rideau qui couvrait un grand crucifix, m'offrait une retraite ; je courus me cacher derrière. La porte s'ouvrit, et l'Abbesse entra, suivie de quatre autres Religieuses : elles s'approchèrent du lit d'Agnès. L'Abbesse lui reprocha sa faiblesse dans les termes les plus durs. Elle lui dit qu'elle déshonorait la maison ; qu'un monstre comme elle ne méritait pas de vivre. Puis elle lui ordonna de boire la liqueur contenue dans un vase que lui présentait une des Religieuses. Inquiète sur les effets de ce breuvage, et craignant de se trouver sur le bord de l'éternité, la malheureuse enfant tâcha, par les prières les plus touchantes, d'exciter la pitié de l'Abbesse. Elle demanda la vie dans des termes qui auraient attendri le cœur d'un tigre ; elle promit de se soumettre avec résignation á toutes les punitions qu'on voudrait lui infliger : la honte, la prison , les tourmens ; elle supporterait tout ; pourvu qu'on lui laissât la vie ; qu'on lui accordât seulement un mois, une semaine, un jour. Son impitoyable ennemie écouta , sans se laisser émouvoir , ces instantes prières. Elle lui dit que d'abord elle s'était proposée de la laisser vivre, et que, si elle avait changé d'avis , elle n'avait á s'en prendre qu'aux amies qui l'avaient défendue. Elle continua d'insister pour qu'elle avalât le poison ; lui dit d'implorer la miséricorde de Dieu, et non la sienne ; et l'assura que dans une heure elle ne serait plus au nombre des vivans. Voyant qu'il n'y avait aucun espoir de toucher cette femme insensible , Agnès essaya de se jeter à bas de son lit , et de demander du secours. Elle se flattait si elle ne pouvait échapper au danger qui la menaçait, d'avoir au moins des témoins de la violence qu'on lui voulait faire. L'Abbesse devina son intention ; elle la saisit avec force par le bras, et la rejeta sur son oreiller. En même-temps, tirant un poignard, et en mettant la pointe sur le sein de la malheureuse Agnès, elle lui déclara que, si elle jetait un seul cri, ou si elle tardait encore un instant à boire le poison, elle allait le lui enfoncer dans le cœur. Déjà demi-morte de frayeur, elle ne put résister plus long-temps ; la Religieuse approcha avec le funeste vase. L'Abbesse força Agnès de le prendre, et d'avaler le breuvage. La malheureuse le but ; et le crime fut consommé. Les Religieuses alors s'assirent près du lit : aux gémissemens de l'infortunée, elles répondirent par des reproches. Elles interrompaient par des sarcasmes les prières par lesquelles elle se recommandait à la miséricorde divine ; elles la menaçaient de la colère de Dieu et de la damnation éternelle ; elles lui disaient qu'il n'y avait pour elle aucun espoir de pardon, et jonchaient ainsi d'épines la couche douloureuse de la mort. Telles furent les souffrances de cette jeune infortunée, jusqu'au moment où la mort vint la soustraire à la malice de ses persécutrices. Elle expira entre l'horreur pour le passé et la crainte pour l'avenir ; et ses derniers momens furent si terribles, qu'ils durent amplement satisfaire la haine et la vengeance de ses ennemies. L'Abbesse, aussitôt que sa victime eut cessé de respirer, sortit de la chambre ; ses complices la suivirent. »

« Ce ne fut qu'alors que j'osai sortir de mon asyle. Je n'avais point défendu ma malheureuse amie, sachant bien que, sans pouvoir la sauver, j'aurais subi le même sort. Frappée d'horreur et d'effroi, j'eus à peine la force de regagner ma cellule. Avant de passer la porte de celle d'Agnès, je jetai un dernier regard vers le lit où gissait, sans vie, cette fille naguère si aimable et si belle ; je fis, du fond de mon cœur, une prière pour le repos de son ame, et je jurai de venger sa mort par la honte et le châtiment de ses assassins : ce n'est qu'avec bien de la peine et des dangers que j'ai tenu ma promesse. A l'enterrement d'Agnès, égarée par la douleur, j'eus l'imprudence de laisser tomber quelques mots qui alarmèrent la conscience coupable de l'Abbesse. Je devins l'objet de ses soupçons ; on observa toutes mes démarches, on suivit tous mes pas ; je fus environnée d'espions. Il s'écoula bien du temps avant que je pusse instruire les parens d'Agnès de mon fatal secret. On fit courir le bruit que cette infortunée était morte subitement. Cette fable fut crue, non-seulement par ses amis dans la ville, mais même par les personnes qui, dans le couvent, s'intéressaient à elle. Le poison n'avait laissé sur son corps aucune trace. Personne ne soupçonna la véritable cause de sa mort : elle resta inconnue à tout le monde, excepté à ses assassins et à moi.

4.

« Je n'ai rien à ajouter ; je réponds, sur ma vie, de la vérité de tout ce que j'ai dit. Je répète que l'Abbesse est un assassin; qu'elle a ôté du monde, et peut-être du ciel, une infortunée dont la faute était légère et pardonnable; qu'elle a abusé du pouvoir qui lui était confié; qu'elle a agi en tyran et en hypocrite. J'accuse aussi, comme ses complices, les quatre Religieuses, Violante, Camille, Alix et Marianne : elles sont aussi coupables que l'Abbesse ».

La Mère Sainte-Ursule finit ainsi son récit. D'un bout á l'autre, il avait excité l'horreur et l'étonnement. Mais, lorsqu'elle en fut à l'assassinat d'Agnès, l'indignation du peuple s'exprima si haut, qu'on eut bien de la peine á l'entendre jusqu'à la fin: le murmure augmentait d'un instant à l'autre. Enfin des cris s'élevèrent de toutes parts, demandant qu'on livrât l'Abbesse á la fureur de la multitude. Don Ramirez s'y refusa avec courage. Lorenzo lui-même observa au peuple que l'accusée n'était point jugée, et l'engagea á laisser á l'Inquisition le soin de la punir. Toutes les représentations furent inutiles; le tumulte devint plus violent, et la populace plus irritée. Ramirez tâcha vainement d'emmener sa prisonnière hors de la foule; de quelque côté qu'il tournât, un attroupement lui fermait le passage, et demandait á grand cris l'Abbesse. Ramirez ordonna á sa suite de se faire un chemin au travers de la multitude. Pressés par la foule, ses soldats ne purent pas même tirer leurs épées. Il menaca les plus avancés de la vengeance de l'Inquisition; mais l'effervescence était telle, que ce nóm terrible ne produisit aucun effet. Lorenzo, malgré l'horreur que lui donnait pour l'Abbesse le souvenir de sa sœur, ne pouvait sans pitié voir une femme dans une position si terrible. Mais en dépit de ses efforts et de ceux du Duc, malgré ceux de Don Ramirez et de ses archers, le peuple continuait á les serrer de plus près; enfin il se fit jour au travers des gardes qui protégeaient sa proie, l'arracha de cet asyle, et se disposa á en faire une justice aussi prompte que terrible. Tremblante, égarée, sachant à peine ce qu'elle disait, la malheureuse femme demandait un instant de répit. Elle soutenait qu'elle n'était point coupable de la mort d'Agnès, et qu'elle pouvait se justifier d'une manière péremptoire. Elle ne put se faire entendre : tout entier á sa vengeance, le peuple ne l'écouta point. On lui fit toutes sortes d'insultes, on la couvrit de boue et d'ordures; on lui prodigua les noms les plus odieux; des hommes furieux se l'arrachaient les uns

4..

aux autres ; et le dernier était toujours plus barbare que celui qui venait de la quitter ; ils étouffaient, par leurs cris de rage, la faible voix dont les accens plaintifs imploraient leur pitié. Traînée au travers des rues, foulée aux pieds, accablée de coups, elle subit tous les tourmens que purent inventer la fureur et la vengeance. Enfin un pavé lancé par une main vigoureuse, vint la frapper à la tempe ; elle tomba baignée dans son sang, et quelques minutes après termina son sort et son supplice. Quoique devenue insensible aux insultes de la multitude, elle continua à recevoir les outrages. La rage impuissante de ses meurtriers s'exerça sur son cadavre, et ne s'arrêta qu'après l'avoir mutilée, défigurée, de manière à lui ôter jusqu'à la forme d'une créature humaine.

Lorenzo et ses amis, hors d'état d'empêcher ce triste évènement, ne l'avaient vu qu'avec horreur ; de nouveaux désastres vinrent les tirer de leur inactivité forcée. On attaquait le couvent de Sainte-Claire ; le peuple, confondant l'innocent et le coupable, avait résolu d'immoler à sa fureur toutes les Religieuses de la communauté, et de ne pas laisser une pierre sur l'autre de la maison qu'elles avaient occupée. Alarmés de cette nouvelle, ils coururent au couvent, déterminés à le défendre, s'il était possible, ou du moins á sauver ses habitans de la rage populaire. La plupart des Religieuses avaient fui ; très-peu étaient restées dans leur demeure ; mais la position de celles-ci était alarmante. Cependant, comme elles avaient pris la précaution de fermer les portes intérieures, Lorenzo se flatta de pouvoir contenir le peuple, jusqu'á ce que Don Ramirez revînt avec des forces suffisantes.

Le tumulte l'avait conduit á une certaine distance du couvent : il lui fallut quelques momens pour s'en rapprocher ; mais lorsqu'il y arriva, la foule environnante était si serrée, qu'il eut bien de la peine á gagner la porte. Cependant la populace assiégeait le bâtiment ; on renversait les murs ; on jetait aux fenêtres des torches allumées, et de tous côtés on jurait qu'á la pointe du jour il ne resterait pas en vie une seule Religieuse de Sainte Claire. Lorenzo était enfin parvenu á passer au travers de la foule, lorsqu'une des portes fut enfoncée. Le peuple á l'instant se répandit dans l'intérieur de la maison, et sacrifia à son aveugle vengeance tout ce qui se trouvait sur son passage. Il mit en pièces tous les meubles, déchira les tableaux, détruisit et profana les reliques, et insulta jusqu'à Sainte Claire par haine pour son indigne protégée. Les uns s'occupaient á chercher les

Religieuses, d'autres démolissaient des parties du couvent, et d'autres assemblaient, pour les jeter au feu, les tableaux et les meubles précieux qui se rencontraient sous leurs mains: le succès de leurs efforts fut plus prompt qu'eux-mêmes ne l'avaient désiré. Les flammes, s'élevant de divers points, atteignirent une partie de la maison, vieille et bâtie en bois. L'incendie se communiqua rapidement d'une chambre á l'autre. La chûte des planchers ébranla les murs ; les colonnes se renversèrent, et le toit s'écroulant avec fracas, écrasa sous ses débris plusieurs des assaillans. On n'entendait de toutes parts que cris et gémissemens. Un nuage de flammes et de fumée couvrait toute la maison, et laissait voir au loin une scène de dévastation et d'horreur.

Lorenzo, désolé d'avoir été la cause innocente de cet affreux tumulte, tâchait de réparer sa faute en protégeant de son mieux les pauvres Religieuses. Il était entré avec le peuple, et travaillait sans relâche á s'opposer á sa furie ; mais le progrès effrayant et soudain de l'incendie le força à songer à sa propre sûreté. La foule alors sortait de la maison avec plus de précipitation qu'elle n'était entrée ; les portes engorgées ne suffisant pas au nombre ; et l'incendie croissant toujours, plusieurs périrent dévorés par les flammes, ou étouffés par la fumée. Le hasard avait conduit Lorenzo près d'une petite porte qui se trouvait dans un coin de l'église : le verrou était déjà tiré : il ouvrit la porte, et se trouva près des caveaux de Sainte-Claire.

Là, il s'arrêta pour respirer un moment: le Duc et quelques personnes de sa suite étaient avec lui. Se voyant en sûreté, ils conférèrent entre eux sur les moyens d'échapper à ce théâtre de désolation. Mais leur délibération fut souvent interrompue par la vue des flammes, par le bruit des voûtes tombant en ruines, par les cris confondus des Religieuses et des assaillans ; les uns suffoqués dans la foule, les autres engloutis par le feu, ou brisés sous le poids des bâtimens écroulés.

Lorenzo demanda où conduisait la petite porte qu'il apercevait ; on lui répondit qu'elle donnait sur le jardin des Dominicains : il examina la sortie de ce côté. Le Duc leva le loquet de la porte en grillage, et passa dans la partie du lieu de sépulture appartenant aux Dominicains : les gardes le suivirent. Lorenzo étant le dernier, était sur le point de passer aussi la grille, lorsqu'il vit la porte du caveau s'entr'ouvrir tout doucement. Quelqu'un regarda par l'ouverture ; mais voyant des étrangers, poussa un grand cri, se rejeta vîte en arrière, et descendit promptement l'escalier de marbre.

« Que veut dire ceci, dit Lorenzo ; il y a là-dessous qoelques mystère. Amis, suivez-moi ».

Parlant ainsi, il se précipita dans le caveau, et poursuivit la personne qui continuait de fuir devant lui. Le Duc, qui n'avait rien vû, ne concevait pas la cause de cette exclamation ; mais, supposant que Lorenzo avait de bonnes raisons, il repassa la grille, et le suivit sans hésiter : les autres firent de même. Toute la troupe arriva au bas de l'escalier. On avait laissé la porte d'en-haut ouverte, et les flammes du bâtiment jetaient assez de lumière pour permettre à Lorenzo d'apercevoir á l'extrémité d'une longue voûte, au travers de plusieurs passages, la personne qu'il poursuivait ; mais ayant changé de direction, ce secours lui manqua tout-à-coup. Une obscurité totale remplaça cette faible lueur, et il ne put suivre l'objet de sa recherche, qu'á l'aide du bruit que faisaient en marchant les pieds de celui-ci. Il fallut alors aller avec précaution. On crut reconnaître que la personne poursuivic en faisait autant, parce que ses pas sc suivaient à de plus longs intervalles. Les poursuivans s'égarèrent enfin dans ce labyrinthe, et se dispersèrent dans différentes routes. Emporté par un désir ardent d'éclaircir ce mystère, qu'une vive curiosité le portait á approfondir, Lorenzo ne pensait point á ceux qui l'accompagnaient. Bientôt il se trouva dans une solitude absolue. Le bruit des pas avait cessé. Un silence universel régnait autour de lui. Aucun fil ne se présentait pour le guider vers la personne qui avait fui devant lui. Il s'arrêta pour réfléchir sur les moyens de la rejoindre. Il jugeait bien que ce n'était pas un motif ordinaire qui avait pu porter quelqu'un á s'engager dans ce triste asyle á une pareille heure. Le cri qu'il avait entendu lui avait paru l'accent de la terreur, et il était convaincu que cet événement cachait quelque secret. Après un instant d'hésitation, il continua á marcher, cherchant son chemin à tâtons le long des murs. Il avançait ainsi lentement, lorsqu'il aperçut á une assez grande distance une faible lumière. Guidé par cette lueur tremblante, et ayant mis l'épée á la main, il dirigea ses pas vers le lieu d'où les rayons lui semblaient partir.

Ils venaient de la lampe qui brûlait devant la statue de Sainte Claire. Auprès étaient plusieurs femmes. Leurs vêtemens blancs flottaient, agités par le vent qui murmurait le long des voûtes. Curieux de savoir ce qui les avait amenées dans ce triste séjour, Lorenzo s'avança doucement. Le grouppe paraissait occupé d'une conversation intéressante; personne n'entendit marcher Lorenzo, et il s'approcha, sans être vu, assez près pour entendre ce qui se disait.

« Je vous jure, continua celle qui parlait quand il arriva, et que les autres écoutaient avec une grande attention; je vous jure que je les ai vus de mes propres yeux. J'ai vite descendu l'escalier; ils m'ont poursuivie, et j'ai eu bien de la peine á leur échapper. Sans la lampe, je ne vous aurais jamais trouvées ».

« Et qui peut les avoir amenés lá, dit une autre toute tremblante, croyez-vous qu'ils nous cherchassent » ?

« Dieu veuille que je me trompe, reprit la première; mais je me doute que ce sont des assassins. S'ils nous découvrent, nous sommes perdues. Quant á moi, ma mort est certaine; ma parenté avec l'Abbesse suffira pour me condamner, et quoique ces souterrains m'aient défendue jusqu'á ce moment.... ».

Ici, levant les yeux, elle aperçut Lorenzo, qui avait continué d'approcher sans faire de bruit.

« Les voilá » ! s'écria-t-elle.

Elle s'élança du piédestal de la statue sur

lequel elle était assise, et essaya de s'enfuir. Ses compagnes alors jetèrent un cri d'épouvante, pendant que Lorenzo saisissait par le bras la fugitive. Effrayée, désespérée, elle se jeta á genoux devant lui.

« Epargnez-moi, s'écria-t-elle, pour l'amour de Dieu; épargnez-moi. Je suis innocente, je vous proteste que je suis innocente ».

A peine pouvait-elle parler; la crainte étouffait sa voix; la lumière de la lampe portait sur son visage, dont le voile était tombé. Lorenzo reconnut la belle Virginie de Villa-Franca. Il s'empressa de la relever et de la rassurer. Il lui promit de la protéger contre les meurtriers; lui dit que sa retraite était encore ignorée, et qu'elle pouvait compter qu'il la défendrait jusqu'á la dernière goutte de son sang. Pendant cette conversation, les Religieuses avaient pris différentes positions. L'une, á genoux, s'adressait au ciel; l'autre se cachait la tête dans le sein de sa voisine; quelques-unes, immobiles, écoutaient le prétendu assassin, tandis que d'autres embrassaient la statue de Sainte Claire, et imploraient sa protection avec les cris les plus passionnés. S'apercevant de leur méprise, elles se pressèrent autour de Lorenzo; et lui prodiguèrent les bénédictions. Il apprit alors, qu'entendant les menaces du peuple, et épouvantées par les cruautés que, du clocher du couvent, elles avaient vu commettre contre l'Abbesse, plusieurs des pensionnaires et des Religieuses avaient cherché un asyle dans le caveau. Du nombre des premières était l'aimable Virginie. Parente proche de l'Abbesse, elle avait plus qu'une autre sujet de craindre la populace; elle pria Lorenzo avec instance de ne pas l'abandonner à la rage de ces furieux. Ses compagnes, dont la plupart étaient des familles les plus qualifiées de Madrid, lui firent la même prière. Il leur promit de ne les point quitter qu'il ne les eût toutes mises en sûreté entre les bras de leurs parens; mais il leur conseilla d'attendre, pour quitter le caveau, que le peuple fût un peu calmé, et que l'arrivée de la force militaire eût dispersé la multitude.

« Plût à Dieu, s'écria Virginie, que je fusse tranquille entre les bras de ma mère! Resterons-nous donc encore long-temps ici? chaque instant que j'y passe est pour moi un supplice ».

« J'espère que non, dit Lorenzo; mais jusqu'à ce que vous puissiez sortir, ce souterrain sera pour vous un asyle impénétrable; vous ne courez aucun risque d'y être découvertes; et je serais d'avis que vous y restassiez encore deux ou trois heures ».

« Deux ou trois heures ! s'écria la Sœur Hélène. Si je reste une heure de plus dans ce sépulcre, j'y mourrai de peur. Pour tout l'or du monde, je ne voudrais pas recommencer á éprouver ce que j'ai souffert depuis que j'y suis. Sainte Vierge ! me trouver en pleine nuit dans cet affreux endroit, entourée des corps de mes compagnes, trembler á chaque instant de me voir mettre en pièces par leurs ames errantes autour de nous, qui se plaignent, qui gémissent, et dont les funèbres accens me glacent d'effroi ! Divin Sauveur ! il y a de quoi me faire devenir folle ».

« Pardonnez-moi, reprit Lorenzo, si je vous témoigne quelque surprise de ce qu'étant menacées de dangers très-réels, vous pouvez vous occuper ainsi de périls imaginaires. Ces terreurs sont puériles et sans objets ; il faut les surmonter, ma Révérende Mère. J'ai promis de vous protéger contre la populace ; mais c'est á vous-mêmes á vous défendre de la superstition. Il est ridicule de croire aux revenans ; et si vous continuez à vous livrer á ces craintes chimériques.... ».

« Chimériques ! s'écrièrent toutes les Religieuses à la fois ! nous avons nous-mêmes entendu leurs cris ; nous les avons toutes entendus. Il se sont répétés souvent, et á chaque fois, ils semblaient plus tristes et plus lugubres. Vous ne nous persuaderez pas que nous nous soyons toutes trompées. Non, non ! c'est impossible. Si le bruit eût été imaginaire..... ».

« Ecoutez, écoutez, interrompit Virginie d'une voix tremblante. Mon Dieu, ayez pitié de nous, voilá que cela recommence »..

Les Religieuses tombèrent á genoux, les mains jointes. Lorenzo rsgarda tout autour de lui. Il était prêt de partager la crainte qui déjá avait saisi toutes ces femmes. Tout était dans le plus profond silence. Il examina le caveau ; il n'aperçut rien. Il se préparait alors á reprocher aux Religieuses leur puéril effroi, lorsque son oreille fut frappée d'un gémissement sourd, faible et prolongé.

« Qu'est-ce que ceci ? » s'écria-t-il étonné.

« Voilá, dit Hélène ! Eh bien ! á présent, êtes-vous convaincu ? Vous avez vous-même entendu le bruit. Jugez maintenant si nos craintes sont imaginaires. Depuis que nous sommes ici, ce gémissement se répète toutes les cinq minutes. Sans doute il vient de quelqu'ame en peine qui voudrait sortir du purgatoire ; mais aucune de nous n'ose le lui demander. Quant à moi, s'il me fallait voir un esprit, je suis sûre que je mourrai de peur sur la place».

Comme elle achevait de parler, on entendit plus distinctement un second gémissement; les Religieuses se signèrent, et répétèrent leurs prières contre les mauvais esprits. Lorenzo écoutait avec attention. Il crut distinguer que les plaintes étaient articulées. Mais le son arrivait confus, affaibli par la distance, et le long ressentiment des voûtes le rendait inintelligible. Le bruit paraissait venir du milieu du petit caveau dans lequel étaient alors Lorenzo et les Religieuses, et dont une multitude de chemins qui venaient y aboutir, formaient une espèce d'étoile. La curiosité de Lorenzo, de plus en plus excitée, lui faisait désirer vivement l'éclaircissement de ce mystère. Il demanda qu'on gardât le silence. Les Religieuses obéirent. Tout resta muet, jusqu'à ce que de nouveaux gémissemens, plusieurs fois répétés, vinssent exciter de nouvelles craintes. Lorenzo, en suivant la direction d'où le son paraissait venir, s'aperçut qu'il l'entendait mieux lorsqu'il était auprès de la statue de Sainte Claire.

« Le bruit vient de là, dit-il; quelle est cette statue» ?

Hélène, à qui il adressait cette question,

hésita un moment. Tout-à-coup elle dit en joignant les deux mains :

« Ah ! oui ! cela doit être, et à présent je sais ce que veulent dire ces gémissemens ». Les Religieuses l'entourèrent, la priant de s'expliquer ; elle répondit gravement que de tout temps la statue avait eu la réputation d'opérer beaucoup de miracles. Elle en concluait que la Sainte était affligée de l'incendie du couvent, et qu'elle exprimait son mécontentement par ses plaintes. Lorenzo, un peu moins crédule, ne fut pas aussi satisfait de cette solution que les bonnes Nonnes, qui l'adoptèrent sans hésiter. Il était d'accord sur un point avec Hélène, c'est que les gémissemens venaient de la statue. Plus il écoutait, plus il se confirmait dans cette idée. Il s'approcha de la Sainte avec l'intention de l'examiner de plus près ; mais les Religieuses s'apercevant de son projet, le prièrent pour l'amour de Dieu de n'en rien faire, parce que, s'il touchait à la statue, il était un homme mort.

« Et en quoi consiste le danger, demanda-t-il » ?

« Mère de Dieu ! en quoi ? reprit Hélène, toujours empressée de raconter quelque chose de merveilleux ; je voudrais que vous eussiez entendu la centième partie des histoires miraculeuses que Madame l'Abbesse nous faisait de cette statue. Elle nous a dit mille fois que si nous étions assez hardies pour la toucher du bout du doigt, nous courrions les plus grands risques. Entre autres choses, elle nous a raconté qu'un voleur étant entré la nuit dans ce souterrain, il aperçut ce rubis, dont le prix est inestimable. Vous le voyez, il brille au troisième doigt de la main dont elle tient une couronne d'épines. Ce bijou excita la cupidité du coquin : il résolut de s'en emparer. A cet effet, il monta sur le piédestal pour s'y soutenir ; il prit de sa main gauche le bras droit de la Sainte, et étendit l'autre vers l'anneau. Quelle fut sa surprise, lorsqu'il vit la statue lever sur lui son bras menaçant, et qu'il entendit sa bouche lui prononcer sa damnation éternelle ! pénétré de respect et d'effroi, il renonça à son projet, et se prépara à sortir du caveau ; mais il ne réussit pas mieux qu'à voler la Sainte. La fuite lui fut interdite. Il lui fut impossible de dégager la main qu'il avait posée sur le bras droit de la statue : il y travailla vainement. Il demeura là attaché, jusqu'à ce que les tourmens qu'il éprouvait le forçassent à crier pour demander des secours. Le souterrain se remplit alors de spectateurs. Le voleur avoua son sacrilége, et ne fut relâché qu'au prix de sa main, qu'il fallut séparer de son corps. Elle a toujours resté depuis attachée á la statue. Le voleur se fit ermite. On dit même qu'il a mené depuis une vie exemplaire; mais le décret de la Sainte n'en a pas moins été accompli. La tradition prétend qu'il revient dans ces tombeaux, où il implore l'indulgence et l'intercession de la Sainte. A présent que j'y pense, je conçois que les gémissemens que nous avons entendus pourraient bien être ceux de ce pécheur, mais je ne saurais l'assurer. Ce que je sais, c'est que depuis ce temps personne n'a osé toucher la statue; ainsi, mon bon Monsieur, ne soyez pas si téméraire. Pour l'amour de Dieu, renoncez á ce dessein, et ne vous exposez pas inutilement á une perte certaine ».

Ne croyant pas sa mort aussi infaillible qu'Hélène la lui annonçait, Lorenzo persista dans sa résolution. Les Religieuses renouvelèrent leurs instances, et lui montrèrent même la main du voleur, qu'effectivement l'on voyait encore sur le bras de la statue. Cette preuve, selon elles, était convaincante. Mais il n'en jugea pas de même, et elles furent bien scandalisées, lorsqu'il leur déclara qu'il soupçonnait que les doigts secs et décharnés qu'il apercevait avaient été placés lá par ordre de l'Abbesse. Malgré leurs prières et leurs menaces, il s'approcha de la statue, sauta par-dessus la grille de fer qui l'entourait, et examina la Sainte avec attention. La statue lui avait paru être de pierre; en la regardant de plus près, il s'aperçut qu'elle n'était que de bois peint. Il la secoua pour tâcher de l'ébranler; mais il lui sembla qu'elle tenait á la base, et qu'elle ne faisait avec elle qu'une seule pièce. Il l'examina encore de tous les côtés; mais il ne vit rien qui pût le conduire à la solution de ce mystère, dont les Religieuses étaient devenues aussi curieuses que lui, quand elles avaient vu qu'il touchait impunément la statue. S'arrêtant alors, il écouta. Les gémissemens recommencèrent á se faire entendre par intervalles, et il fut convaincu qu'il n'en avait pas encore été si près. Rêvant sur cet étrange aventure, il tournait et retournait autour de la statue. Ses yeux, en la parcourant, tombèrent sur la main desséchée, qu'on supposait être celle du voleur. Il lui vint à l'esprit qu'une défense si péremptoire de toucher le bras de la Sainte n'avait pas été faite sans quelque motif particulier. Remontant donc sur le piédestal, il examina de nouveau cet endroit, et découvrit un petit bouton de fer caché entre les doigts de la Sainte et ceux du prétendu voleur. Enchanté de cette découverte, il toucha ce bouton, et le pressa avec force. A l'instant même, il entendit dans l'intérieur de la statue un bruit sourd, pareil à celui que ferait une chaîne fortement tendue, qui, relâchée tout-à-coup, se roulerait sur son axe. Frappées de ce son, les timides Religieuses reculèrent d'effroi, et se préparèrent à s'enfuir à la première apparence de danger. Mais voyant que tout restait tranquille, elles se rapprochèrent de Lorenzo, et examinèrent avec curiosité tous ses mouvemens.

Cependant rien ne résultait de cette découverte : Lorenzo redescendit. En retirant son bras de dessus la Sainte, il lui sembla qu'elle chancelait. Les spectatrices retombèrent dans leur frayeur, croyant la statue animée ; Lorenzo avait une autre idée. Il concevait que le bruit qu'il avait entendu provenait de ce qu'il avait lâché une chaîne qui tenait la statue attachée au piédestal. Il essaya alors de l'ébranler sur sa base, et y réussit sans beaucoup d'effort. La posant donc par terre, il vit que le piédestal était creux, et que son ouverture était fermée par une grosse grille de fer.

La curiosité devint alors si générale, que les Sœurs oublièrent leurs dangers réels et imaginaires. Lorenzo se disposa à lever la grille, et les Religieuses l'aidèrent de toutes leurs forces dans cette opération. On en vint à bout assez facilement. Alors s'ouvrit à leurs yeux un abîme profond, dont l'œil cherchait en vain à pénétrer l'épaisse obscurité. La lumière de la lampe était trop faible pour être d'un grand secours. On ne distinguait rien, excepté les premières marches d'un escalier de grosses pierres qui descendait dans ce souterrain, et qui bientôt se perdait dans les ténèbres. On n'entendait plus de gémissemens; mais tout le monde était persuadé qu'ils étaient venus de la caverne. En se penchant sur l'ouverture, Lorenzo crut distinguer quelque chose de brillant qui étincelait dans l'ombre. Il regarda avec attention le point où il l'avait aperçu, et se convainquit qu'une petite lumière y paraissait et disparaissait par intervalle. Les Religieuses, auxquelles il fit part de cette observation, aperçurent aussi la lumière; mais lorsqu'il leur annonça qu'il allait descendre dans cette cave, elles se réunirent pour s'opposer à son projet. Toutes leurs remontrances ne purent rien y changer; aucune d'elles n'eut assez de courage pour l'accompagner, et il ne pouvait se résoudre à les priver de la lampe. Il se prépara donc, seul et sans lumière, à tenter l'aventure, les Religieuses se contentant de prier Dieu pour son succès.

L'escalier ressemblait á la pente d'un précipice. Les marches étaient étroites et grossièrement taillées. L'obscurité profonde contribuait à rendre les pas incertains. Lorenzo était obligé de descendre avec beaucoup de précaution, dans la crainte de manquer une marche et de tomber dans l'abîme. Plusieurs fois ce malheur pensa lui arrivèr ; cependant il se trouva en bas plutôt qu'il ne s'y était attendu. Il reconnut alors que l'obscurité du lieu, et la vapeur épaisse qui régnait dans tout le souterrain, l'avaient trompé sur sa profondeur. Il parvint sans accident au bas de l'escalier. S'arrêtant alors, il chercha autour de lui la lumière qu'il avait vue d'en-haut; mais il n'aperçut rien: tout était noir et désert. Il écouta, pour voir s'il n'entendrait plus de gémissemens. Aucun bruit ne frappa son oreille; il n'entendit que le bruit éloigné des Religieuses, qui, dans le haut, répétaient à voix basse leur *Ave Maria*. Incertain de quel côté tourner ses pas, à tout événement il se décida á marcher, mais lentement d'abord, dans la crainte de s'éloigner de l'objet de ses recherches, au lieu de s'en approcher. Les gémissemens lui avaient paru annoncer quelque personne souffrante, ou du moins affligée, et il se flattait de pouvoir la soulager. Enfin, un son plaintif se fit entendre à peu de distance. Joyeux, il marche de ce côté. Le bruit devenait plus intelligible à mesure qu'il avançait. Bientôt il vit une faible lumière qu'un mur bas, qui se prolongeait devant lui, l'avait jusqu'alors empêché d'apercevoir.

Elle partait d'une petite lampe placée sur quelques pierres, et dont les faibles et tristes rayons servaient à montrer plutôt qu'à diminuer les horreurs d'un cachot étroit et sombre, formé dans un côté du souterrain. Elle laissait voir aussi plusieurs autres enfoncemens d'une construction semblable, mais dont l'obscurité marquait la profondeur. La lumière tremblante parvenait à peine jusqu'aux murs verdâtres qui, couverts d'une éternelle humidité, la réflétait faiblement. Un brouillard épais et mal-sain occupait le haut des voûtes. Lorenzo, au bout de quelques pas, sentit un froid perçant; les gémissemens répétés lui firent presser sa marche. Il tourna du côté d'où ils venaient, et à la lueur incertaine de la lampe, dans un coin de ce triste asyle, il aperçut, étendue sur un lit de paille, une créature humaine, si maigre, si faible, si pâle, qu'il douta si c'était une femme. Elle était à demi-nue; de longs cheveux épars étaient répandus en désordre sur son visage, et le couvraient presque entièrement. Un bras décharné s'alongeait sur un lambeau d'étoffe grossière qui servait de couverture á ses membres glacés et tremblans. L'autre était replié autour d'un petit paquet qu'elle pressait contre son sein ; près d'elle était un grand rosaire; en face, un crucifix, sur lequel elle fixait ses yeux éteints; á côté d'elle on voyait une corbeille et quelques vases de terre.

Lorenzo s'arrêta, saisi d'horreur ; il contemplait, avec une pitié mêlée de dégout, cette misérable créature. Ce spectacle le fit frissonner ; il sentit son cœur défaillir. Chancelant sur ses genoux, ne pouvant plus se soutenir, il s'appuya contre le petit mur auprès duquel il était, n'ayant ni la force d'avancer, ni celle de parler á cette infortunée. Elle jeta les yeux du côté de l'escalier. Le mur cachait Lorenzo : elle ne l'aperçut point.

« Personne ne vient », dit-elle enfin. Sa voix était sépulcrale, et semblait partir du fond de sa poitrine : elle soupira amèrement.

« Personne ne vient, répéta-t-elle. Oh! elles m'ont oubliée, elles ne viendront plus. »

Elle s'arrêta, puis, continuant tristement :

« Deux jours, deux grands jours entiers

sans nourriture ; et point d'espoir, point de consolation ! Insensée ! comment puis-je désirer de prolonger une vie aussi malheureuse ! Cependant une mort si cruelle ! O mon Dieu ! périr d'une pareille mort ! souffrir encore long-temps ces maux horribles ! Ah ! je n'avais jamais su ce que c'était que la faim ! Ecoutons : non personne ne vient. Oh ! elles ne viendront plus ».

Elle se tut : son corps tremblait. Elle tira sur ses épaules le haillon qui la couvrait.

« J'ai bien froid, je ne suis pas encore accoutumée á l'humidité de ce cachot, cela est étrange ; mais qu'importe, je serai bientôt encore plus froide, et je ne le sentirai pas. Je serai froide, froide comme toi ».

Elle regardait, en disant cela, le paquet qu'elle tenait près d'elle ; elle se pencha dessus et le baisa, puis elle le repoussa brusquement avec une sorte d'horreur.

« Il était si beau ! il aurait été si aimable ! il lui aurait ressemblé ; je l'ai perdu pour toujours. Comme peu de jours ont suffi pour le changer ! J'ai peine moi-même á le reconnaître, et pourtant il m'est encore cher. Ah ! Dieu, oui, bien cher. J'oublie ce qu'il est, pour ne me souvenir que de ce qu'il était ; et je l'aime autant que lorsqu'il était aimable et beau, autant que lorsqu'il lui ressemblait. — Je croyais avoir épuisé toutes mes larmes. — J'en sens encore une ».

Elle essuya les yeux avec une tresse de ses cheveux. Etendant la main pour prendre le vase qui était près d'elle, elle le souleva avec peine, regarda dedans, sans paraître s'attendre á y rien trouver, fit un soupir, et le reposa sur la terre.

« Absolument vide ! Pas une goutte ! pas une seule goutte pour rafraîchir ma bouche brûlante ! Quels trésors je donnerais pour un verre d'eau ! Et ce sont des servantes de Dieu qui me font ainsi souffrir ? Elles se croient des saintes, tandis qu'elles me tourmentent comme des démons. Elles sont cruelles, impitoyables ; et ce sont elles qui m'invitent au repentir ! ce sont elles qui me menacent de la damnation éternelle ! Divin Sauveur ! ce n'est pas lá votre arrêt ».

Reportant ses regards sur le crucifix, elle prit son rosaire. Ses doigts en parcouraient les grains, et le mouvement de ses lèvres faisait voir qu'elle priait avec ferveur.

Lorenzo, en écoutant ses tristes discours, était de plus en plus affecté. Revenu du premier choc qu'avait éprouvé sa sensibilité, à l'aspect d'une créature si malheureuse, il avança vers la captive.

Elle l'entendit marcher, et jetant un cri de joie, laissa tomber son rosaire.

« Voilà ! voilá ! s'écria-t-elle, quelqu'un qui vient ».

Elle essaya de se soulever, mais elle n'en eut pas la force. Elle retomba sur la paille, et, dans ce mouvement, fit entendre le bruit de ses chaînes. Lorenzo s'approcha ; elle continua ainsi :

« Est-ce vous, Camille ? Vous voilà donc enfin ? Ah ! il était temps. J'ai cru que vous m'aviez abandonnée, que j'étais condamnée á mourir de faim. Par pitié, Camille, donnez-moi à boire : je suis exténuée de besoin, et si faible, que je ne peux me lever de terre. Bonne Camille, donnez-moi á boire, ou je vais mourir devant vous ».

Lorenzo craignait que la surprise ne fût dangereuse pour une personne aussi affaiblie : il ne savait comment l'aborder.

« Ce n'est pas Camille, dit-il enfin d'une voix aussi douce qu'il lui fut possible ».

« Qui donc est-ce ? reprit la malheuheuse. Alix, peut-être, ou Violante ? Mes yeux sont voilés, et j'ai la vue si trouble, que je ne peux distinguer vos traits. Mais qui que vous soyez, si votre cœur est susceptible de compassion, si vous n'êtes pas plus cruel que les tigres et les loups ; ayez pitié de mes tourmens. Vous savez que je meurs de besoin. Voilà le troisième jour que je n'ai pris aucune nourriture. M'apportez-vous á manger, ou venez-vous seulement pour m'annoncer ma mort ; et m'apprendre combien j'ai d'heures à passer dans cette horrible agonie» ?

« Vous vous méprenez, reprit Lorenzo, je ne suis point un agent de l'impitoyable Abbesse. J'ai pitié de vos malheurs ; je viens á votre secours ».

« A mon secours ! répéta la prisonnière, à mon secours» !

Se soulevant en même-temps de dessus la terre, et se soutenant sur ses mains, elle regardait avidement l'étranger.

« Grand Dieu ! n'est-ce pas une illusion? Un homme ! Parlez ; qui êtes-vous? que venez-vous faire ici ? Venez-vous pour me sauver, pour me rendre à la liberté, à la vie, á la lumière ? Ah ! parlez, parlez vîte, pour que je ne me livre pas á un espoir qui me tuerait s'il était déçu ».

« Calmez-vous, reprit Lorenzo d'une voix douce et tendre. L'Abbesse dont vous accusez la cruauté, a déjà subi la peine de ses fautes ; vous n'avez plus rien á craindre d'elle. Dans quelques minutes vous allez recouvrer votre liberté, et rentrer dans les bras des amis à qui vous avez été enlevée. Reposez-vous sur ma parole ; donnez-moi votre main, et ne craignez rien. Je vais vous conduire en un lieu où vous puissiez recevoir les secours nécessaires à votre position. »

« Ah ! oui ! oui ! oui ! s'écria la prisonnière avec l'accent de la joie. Il y a donc un Dieu, un Dieu juste et miséricordieux ; ô joie ! ô bonheur ! Je vais donc respirer un air frais. Je vais revoir le soleil et la majesté des cieux. Etranger, je vous suis. Dieu vous bénira pour avoir eu pitié d'une infortunée. Mais il faut que ceci vienne avec moi, ajouta-t-elle, en montrant le petit paquet qu'elle pressait sur son sein. Je ne peux me séparer de lui. Cela servira á apprendre á l'univers combien sont terribles ces demeures que l'on suppose religieuses. Bon étranger, donnez-moi la main pour m'aider á me lever. Je suis affaiblie par le besoin, par le malheur et la maladie, et je n'ai plus aucune force. Bien, bien ainsi ».

Les rayons de la lampe tombant alors directement sur le visage de Lorenzo...

« Dieu tout-puissant ! s'écria-t-elle, est-il possible? — Ce regard, ces traits! — Ah oui ! c'est.... c'est.... ».

Elle étendit les bras pour les jeter autour de lui. Mais son corps exténué ne put suffire aux sentimens qui l'agitaient. Elle s'évanouit et retomba.

Lorenzo fut surpris de cette dernière exclamation. Il lui semblait bien avoir entendu quelque part des accens pareils á ceux de cette voix altérée ; mais il n'en avait pas d'idée précise. Il sentit que les secours de la médecine étaient nécessaires dans une situation si dangereuse. S'empressant de la porter hors du cachot, il en fut empêché par une forte chaîne qui faisait le tour du corps de la prisonnière, et qui était scellée dans un mur voisin. Cependant, sa force naturelle s'augmentant par le désir de soulager l'infortunée, il eut bientôt rompu l'anneau auquel tenait un des bouts de la chaîne. Prenant ensuite la prisonnière entre ses bras, il marcha vers l'escalier. Les rayons de la lampe d'en-haut, le bruit des femmes qui y étaient restées, dirigèrent ses pas. Il gagna l'escalier, et peu d'instans après parvint à la grille de fer.

Les Religieuses, en son absence, avaient été cruellement tourmentées par la crainte et par la curiosité. Elles furent aussi surprises qu'enchantées de le voir tout-á-coup sortir de la caverne. Tous les cœurs furent émus de compassion pour la malheureuse qu'il tenait dans ses bras. Tandis que les Dames, et particulièrement Virginie, s'occupaient á lui faire reprendre ses sens, Lorenzo leur raconta en peu de mots la manière dont il l'avait trouvée. Il leur observa ensuite que désormais le tumulte devait être appaisé, et qu'il pouvait á présent les conduire en sûreté chez leurs parens. Toutes étaient empressées de quitter le souterrain. Cependant, pour prévenir toute possibilité d'être insultées, elles prièrent Lorenzo de sortir seul d'abord, et d'examiner si tout était tranquille. Il y consentit. Hélène lui offrit de le conduire à l'escalier. Ils étaient sur le point de se séparer, lorsque de vifs éclats de lumière se firent voir à la fois dans plusieurs galeries voisines. On entendit en même-temps les pas de plusieurs personnes qui s'approchaient, et dont le nombre paraissait considérable. Les Religieuses, très-alarmées, supposèrent que leur retraite avait été découverte, et que les assaillans arrivaient pour les saisir. Quittant vite la prisonnière, qui restait sans mouvement, elles se pressèrent autour de Lorenzo, et réclamèrent la promesse qu'il leur avait faite de les protéger. Virginie seule, oubliant son danger, n'était occupée qu'á soulager l'infortunée malade. Elle soutenait sa tête sur ses genoux, lui baignait les tempes avec de l'eau-rose, frottait ses mains glacées entre les siennes, et arrosait des larmes de la pitié son visage décoloré. Les étrangers s'approchant, Lorenzo fut bientôt en état de dissiper les craintes des Religieuses; son nom prononcé par plusieurs voix, parmi lesquelles il reconnut celle du Duc, qui retentissait le long des galeries, lui apprit qu'il était l'objet de leurs recherches. Il fit part aux Dames de cette nouvelle, qui les remplit de joie. Quelques momens après, Don Ramirez et le Duc parurent, accompagnés de gens de leur suite, qui portaient des torches allumées. Ils avaient cherché Lorenzo dans tout le souterrain, pour lui dire que la foule était dissipée, et l'émeute entièrement appaisée. Lorenzo leur raconta brièvement l'aventure de la caverne, leur fit comprendre combien l'inconnue avait besoin des secours de la médecine. Il pria le Duc de prendre soin d'elle, aussi bien que des Religieuses et des pensionnaires.

« Quant à moi, dit-il, d'autres devoirs appellent mon attention. Tandis qu'avec une partie des archers vous conduirez ces Dames à leurs asyles respectifs, je désire que vous laissiez ici les autres avec moi; j'examinerai la caverne inférieure, et je pénétrerai dans les recoins les plus cachés de ces tombeaux ; je ne serai pas tranquille, que je ne me sois assuré que cette malheureuse victime était la seule que la superstition eût ensevelie dans ces abîmes ».

Le Duc approuva son projet. Don Ramirez offrit de l'accompagner dans cette expédition : sa proposition fut acceptée avec reconnaissance. Les Religieuses, après avoir remercié Lorenzo, furent, par lui-même, remises aux soins de son oncle, qui les conduisit hors du caveau. Virginie demanda qu'on voulut bien lui confier l'inconnue, et promit de faire savoir á Lorenzo quand elle serait assez rétablie pour recevoir sa visite. Cette offre n'était pas absolument désintéressée ; au désir d'obliger la malade, en lui faisant connaître son libérateur, se joignait peut-être celui de se ménager á elle-même une occasion de le revoir. Lorenzo était beau, brave et bien élevé ; Virginie mettait quelque intérêt à cultiver sa connaissance, et se flattait en secret d'attirer son attention. Belle et compatissante, elle avait excité son admiration ; elle aurait touché son cœur, si le souvenir d'Antonia ne l'eût forcé á tout autre sentiment.

Le Duc ayant emmené les Religieuses, conduisit chacune chez ses parens. La prisonnière délivrée était toujours privée de ses sens ; elle ne donnait d'autres signes de vie que des gémissemens, qu'elle poussait par intervalles. On la porta sur un brancard ; tout faisait craindre qu'épuisée par la faim, ébranlée par le passage subit des chaînes á la liberté et de l'obscurité à la lumière, son tempérament ne pût supporter une émotion si vive.

Lorenzo et Don Ramirez étaient restés dans les caveaux. Après avoir délibéré sur la marche qu'ils avaient á suivre, on convint que, pour ne point perdre de temps, les archers se diviseraient en deux corps ; l'un, avec Don Ramirez, devait examiner le caveau inférieur, tandis que l'autre, sous la conduite de Lorenzo, parcourrait le reste du souterrain. Cet arrangement fait, et les gens de Don Ramirez ayant pris chacun un flambeau, celui-ci entra dans le caveau. Il en avait á peine descendu quelques marches, qu'il entendit des gens accourir précipitamment du fond des galeries les plus éloignées. Surpris de ce bruit, il remonte sur-le-champ. « Entendez-vous marcher, lui dit Lorenzo? Allons de ce côté ; c'est d'ici que le bruit paraît venir ».

Dans ce moment, un cri perçant lui fit hâter le pas.

« Au secours, au secours, pour l'amour

de Dieu ! s'écriait une voix, dont le son mélodieux pénétra jusqu'au fond de l'ame de Lorenzo ».

Il courut, avec la rapidité de la foudre, vers l'endroit d'où partait le cri, et Don Ramirez le suivit avec la même vîtesse.

XI.

« Dieu tout-puissant! Combien est faible cet homme créé à ton image; comme il se trahit lui-même! Glorieux, et confians dans notre propre force, oubliant trop l'ennemi qui nous surveille, nous errons gaîment sur les bords fleuris de l'abîme, croyant à notre gré pouvoir revenir sur nos pas; mais le vent terrible des passions s'élève. La tempête nous dérobe la vue des cieux. Rapidement entraînés dans le vaste Océan, nous déplorons trop tard notre confiance étourdie; les vagues irritées mugissent autour de nous; la terre s'éloigne et l'onde nous engloutit ».

PRIOR.

CEPENDANT, Ambrosio ignorait les événemens terribles qui se passaient auprès de lui. L'exécution de ses desseins sur Antonia occupait toutes ses pensées; il était, jusqu'alors, assez satisfait du succès de ses mesures; Antonia avait bu l'opium; on l'avait enterrée dans les caveaux de Sainte-Claire; elle y était á sa disposition. Matilde, qui connaissait bien les effets et la nature de la liqueur soporifique, avait calculé qu'elle ne cesserait pas d'opérer avant une heure du matin : il attendait ce moment avec impatience. La fête de Sainte-Claire lui présentait une occasion favorable pour consommer son crime. Certain que les Moines et les Religieuses seraient occupés de la cérémonie, et qu'il n'avait point á craindre d'être interrompu, il s'était excusé de paraître á la procession á la tête de ses Religieux. Il ne doutait point qu'Antonia, loin de tout secours, séparée de l'univers entier, et absolument en son pouvoir, ne consentît à ses désirs. L'attachement qu'elle lui avait témoigné le confirmait dans cette persuasion. Mais il était résolu, si elle s'obstinait á le repousser, á n'écouter aucune considération; sûr de n'être point découvert, il ne craignait point d'employer la force; ou s'il s'y déterminait avec quelque répugnance, elle ne provenait pas d'un principe d'honneur ou de délicatesse, mais uniquement de ce qu'épris pour Antonia de la passion la plus vive, il aurait voulu ne devoir ses faveurs qu'á elle-même.

A minuit les Moines quittèrent le couvent de Sainte-Claire. Matilde était parmi les musiciens, et conduisait le chant. Ambrosio, resté seul, se trouva en liberté de suivre son projet. Convaincu qu'il n'était resté personne pour épier ses démarches ou troubler ses plaisirs, il se hâta de gagner le côté occidental du jardin; son cœur palpitait, agité d'un espoir que troublait encore quelque crainte. Il traversa le jardin, ouvrit la porte qui conduisait au lieu de sépulture, et au bout de quelques minutes se trouva devant le caveau. Lá, s'arrêtant, il observa de tous côtés, sentant bien que l'action dont il était occupé n'était pas propre à soutenir les regards. Il hésite, il écoute, il entend le cri funèbre de l'orfraie; le vent, soufflant du couvent voisin, apportait á son oreille les sons affaiblis du chant des Religieuses. Il ouvre la porte avec précaution, comme s'il eût craint d'être entendu, entre et la referme après lui. Guidé par sa lampe, il parcourt les longues galeries dont Matilde lui avait enseigné les détours, et gagne le caveau particulier où reposait sa maîtresse ensevelie.

Il n'était pas aisé d'en découvrir l'entrée; mais cet obstacle n'en était pas un pour Ambrosio, qui, lors de l'enterrement d'Antonia, avait observé les lieux avec trop de soin pour ne les pas reconnaître. Il trouva la porte, l'ouvrit, et descendit dans le caveau qui renfermait Antonia. Il s'était pourvu d'une pince de fer et d'une hache ; mais cette précaution ne lui fut pas nécessaire ; la grille était négligemment fermée : il la leva, et plaçant sa lampe sur le bord, se pencha, sans rien dire, sur l'intérieur du tombeau. C'était entre trois autres cercueils que reposait la beauté endormie. Un rouge vif, avant-coureur de la vie prête á renaître, était déjá répandu sur ses joues. N'ayant que la tête dégagée du linceul qui l'enveloppait, elle avait l'air de sourire aux objets funéraires dont elle était environnée. En regardant ces os desséchés, ces têtes défigurées, qui, peut-être, avaient été aussi belles, aussi fraîches que celle d'Antonia, Ambrosio pensa á Elvire, qu'il avait réduite á un sort semblable. Au souvenir de cette action horrible, une sombre horreur vint voiler son imagination ; mais elle ne servit qu'á renforcer la résolution qu'il avait prise de satisfaire sa passion pour Antonia.

«C'est pour vous, beauté fatale, disait l'indigne Religieux en contemplant sa proie, c'est pour l'amour de vous que j'ai commis ce meurtre, et que je me suis dévoué á des tourmens éternels. Enfin vous êtes en mon pouvoir, et du moins je jouirai du fruit de mon crime. N'espérez pas que le son si doux de votre voix suppliante, que vos beaux yeux noyés de pleurs, que vos mains humblement élevées vers moi, comme lorsqu'elles implorent la divine miséricorde; n'espérez pas que l'innocence, la beauté, ni tous les artifices de la douleur, puissent vous arracher de mes bras. Avant l'aurore il faut que vous soyez á moi; vous serez á moi avant l'aurore ».

Il l'enleva, encore évanouie, inanimée, hors de sa tombe, s'assit sur un banc de pierre, et la soutenant entre ses bras, attendit avec impatience les symptômes indicatifs du réveil de ses sens. A peine était-il assez maître de lui pour ne pas en anticiper le retour. Naturellement luxurieux, ses désirs recevaient une double ardeur des obstacles qu'il rencontrait, et des privations auxquelles il était réduit; car Matilde, de l'instant qu'elle avait cessé de prétendre á son amour, l'avait exilé de ses bras pour toujours.

« Ambrosio, lui avait-elle dit un jour que, dans l'ardeur de la volupté, il la sollicitait, avec plus d'instances que de tendresse, je ne suis point une prostituée: j'ai cessé d'être votre amante, je ne serai point votre maîtresse. Ne me témoignez plus des désirs qui m'offensent; quand votre cœur était á moi, je m'honorais d'en être l'objet. Ces jours de gloire et de bonheur sont passés pour moi. Ma personne vous est devenue indifférente ; ce n'est plus l'amant, c'est l'homme qui m'implore. je rougis d'exciter des sentimens de ce genre, et je mourrais plutôt que d'y céder ».

Ainsi sevré tout-á-coup de jouissances dont l'habitude lui avait fait un besoin, son attrait pour le plaisir en avait pris plus de force et d'empire : son amour pour Antonia n'était plus qu'une passion brutale. Jeune, vigoureux, empressé de jouir, il était transporté d'une espèce de fureur ; l'obscurité du lieu, le silence de la nuit, la résistance même á laquelle il s'attendait, ne faisaient qu'irriter son ardeur effrénée.

Il sentit par degrés la chaleur ranimer le sein d'Antonia, qu'il avait placé près du sien. Son cœur battait, son sang recommençait á couler ; ses lèvres firent un mouvement ; enfin elle ouvrit les yeux ; mais encore assoupie par l'effet de l'opium, elle les referma sur-le-champ. Ambrosio l'observait avec attention ; rien n'échappait á ses regards. Voyant qu'elle avait entièrement recouvré l'existence, il la serra avec transport entre ses bras, et appuya ses lèvres sur les siennes. La vivacité de son action suffit pour dissiper les vapeurs qui obscurcissaient encore l'intelligence d'Antonia ; elle se leva brusquement, et jeta autour d'elle des regards étonnés sur les étranges objets qui s'offraient à ses yeux. Sa pensée errait confuse. Elle porta la main á sa tête, comme pour rasseoir son imagination égarée. Enfin el'e l'ôta, et jeta de nouveau les yeux de côté et d'autre. Ils tombèrent sur la figure du Prieur.

« Où suis-je? dit-elle tout-á-coup. Comment suis-je venue ici? Où est ma mère? Il me semble que je l'ai vue. Ah! un songe, un songe terrible, épouvantable, m'a présenté.... Mais où suis-je donc? Allons, il ne faut pas rester ici ».

Elle essaya de se lever. Le Moine l'en empêcha.

« Calmez-vous, aimable Antonia. Aucun danger ne vous menace. Reposez-vous sur ma protection. Pourquoi me regardez-vous si fixement? ne me reconnaissez-vous pas? ne reconnaissez-vous pas votre ami Ambrosio »?

« Ambrosio, mon ami? Ah! oui, oui, je me souviens.... Mais pourquoi suis-je ici? qui m'y a amenée? Pourquoi êtes-vous avec moi? — Ah! Flore m'a dit de prendre garde..... Je ne vois ici que des tombeaux! Ce lieu m'effraie. Bon Ambrosio, emmenez-moi d'ici, cela me rappelle trop mon affreux songe. Il me semblait que j'étais morte.... qu'on m'avait mise dans le tombeau.... Bon Ambrosio, emmenez-moi d'ici... Quoi! est-ce que vous ne voulez pas m'emmener? Ah! ne me regardez pas ainsi. Vos yeux en feu m'épouvantent... Epargnez-moi, pour l'amour de Dieu»!

«Pourquoi ces terreurs, Antonia? reprit le Prieur, la pressant entre ses bras et la couvrant de baisers, qu'elle cherchait en vain á éviter. Que pouvez-vous craindre de moi, de celui qui vous adore? Qu'importe le lieu où vous êtes? Ces tombeaux sont pour moi le temple de l'amour. Cette obscurité est l'ombre du mystère, qu'il étend autour de nous. Jugez-en comme moi, Antonia; partagez le sentiment qui m'anime. Oui, chère et aimable fille; que le feu qui me dévore circule dans vos veines, et que vos transports redoublent les miens».

En parlant ainsi, il renouvelait ses embrassemens. Les libertés les moins équivoques avertirent enfin l'ignorance d'Antonia. Sentant le danger, elle s'arracha de ses bras, et son linceul étant le seul vêtement qui pût la défendre, elle en serra les plis autour de son corps.

«Laissez-moi, mon Père, lui dit-elle, la crainte et le danger adoucissant l'expression de la pudeur indignée; pourquoi m'avez-vous amenée dans ce lieu, dont le seul aspect me glace d'effroi? Emmenez-moi d'ici, si vous avez quelque sentiment de pitié et d'humanité. Conduisez-moi á la maison d'où je suis sortie, je ne sais comment; je ne peux ni ne dois rester ici plus long-temps ».

« Le Moine, un peu déconcerté du ton dont elle lui dit ces mots, fut cependant plus surpris que touché. Il lui prit la main, la força de s'asseoir sur son genou; et fixant sur elle des yeux avides, il lui répondit:

« Tranquillisez-vous, Antonia. Toute résistance est inutile, et je ne veux plus vous déguiser ma passion. Vous passez pour morte. Vous êtes á jamais perdue pour la société. Vous n'existez plus qu'ici, plus que pour moi. Vous êtes absolument en mon pouvoir; et je brûle de désirs, qu'au péril de ma vie je suis déterminé á satisfaire; mais ce bonheur, que je peux saisir, je voudrais vous le devoir. Aimable fille, adorable Antonia! Je veux vous donner les premières leçons de la volupté; vous enseigner le plaisir, et le recevoir de vous. Puérils efforts! ajouta-t-il, voyant qu'elle repoussait ses caresses et tâchait de lui échapper. Aucun secours n'est á votre portée. Ni le ciel ni la terre ne peuvent vous arracher de mes bras. Ne repoussez pas des plaisirs si doux. Personne ici ne peut nous voir ; le monde entier ignorera nos amours. L'heure, l'occasion, tout nous favorise, tout vous invite á céder á l'amant qui vous presse. Ne lui résistez plus; entrelacez vos bras aux siens; approchez votre bouche de la sienne. Pourquoi ces regards supplians? Consultez vos charmes; ils vous diront que je dois être sourd aux prières. Puis-je négliger cette peau si fraîche, ce sein éblouissant, ces lèvres parfumées? Puis-je abandonner ces trésors á quelque autre? Non, Antonia; non, jamais! J'en jure par ce baiser, par celui-ci encore ».

La passion du Moine devenait de plus en plus ardente, et la terreur d'Antonia plus active. Elle fit pour se dégager de ses bras des efforts inutiles; et la hardiesse du Moine augmentant, elle jeta des cris perçans pour appeler du secours. La vue du souterrain, la pâle lueur de la lampe, l'obscurité, les tombeaux et les tristes débris de l'humanité, tout autour d'elle était propre á la disposer á des sentimens contraires á ceux dont le Moine était agité. Les caresses hardies qu'il lui prodiguait, ne lui inspiraient que de l'effroi. Ses craintes, au contraire, sa répugnance et ses efforts ne faisaient qu'enflammer les désirs d'Ambrosio, et donner une nouvelle ardeur à sa brutalité. Elle ne cessa de crier, quoique personne n'entendit ses cris. Elle continua, sans succès à tâcher de lui échapper, jusqu'à ce qu'enfin ses forces épuisées venant à lui manquer, elle se laissa tomber à genoux, et recourut de nouveau aux prières et aux larmes. Cette voie ne lui réussit pas mieux que la première fois. Prenant même avantage de sa situation et de son affaiblissement, il la saisit épouvantée; et sans pitié, sans ménagement, le barbare, malgré ses cris, ne quitta point sa proie qu'il n'eut consommé son crime et complété le déshonneur d'Antonia. A peine avait-il accompli son dessein, qu'il eut horreur de lui-même et des moyens qu'il avait employés. La violence des désirs qu'il venait d'assouvir, les convertit bientôt en dégoût; il sentait au fond de son cœur combien était vile et cruelle l'action qu'il avait commise. Il s'éloigna brusquement d'Antonia. Celle qui, l'instant d'auparavant, avait été l'objet de son culte, devint alors celui de son aversion. Il détournait les yeux, ou, s'il les arrêtait sur elle, c'était pour lui jeter des regards de haine et de mépris. L'infortunée, long-temps évanouie, ne reprit ses sens que pour apercevoir toute l'étendue de son malheur Elle restait, étendue par terre, dans le silence du désespoir. Ses larmes coulaient lentement, et se succédaient sans interruption;

son sein n'exhalait que des sanglots. Accablée par la douleur, elle passa quelque temps dans cette espèce d'engourdissement. Se levant enfin avec peine, et dirigeant vers la porte ses pas tremblans, elle se préparait à sortir du cachot.

Appuyé contre la tombe, Ambrosio regardait, sans le savoir, les restes hideux qui s'y trouvaient. Le mouvement d'Antonia le reveilla tout-á-coup de cette sombre apathie. Il la poursuivit, et l'eut bientôt rejointe. La saisissant par le bras, il la repoussa avec violence dans le cachot.

Antonia fut épouvantée de la fureur qu'exprimaient ses traits.

« Que voulez-vous de plus, lui dit-elle timidement? Manque-t-il quelque chose á mon malheur? ne suis-je pas perdue, perdue pour toujours? Votre cruauté n'est-elle pas satisfaite, et me reste-t-il quelque autre outrage á endurer? Laissez-moi m'éloigner, laissez-moi retourner dans ma retraite, et pleurer en liberté ma honte et ma misère ».

« Retournez chez vous? » reprit le Moine avec un sourire amer et dédaigneux. Puis tout-á-coup, ses yeux étincelant de colère: — « Sans doute, afin que vous puissiez me dénoncer á l'univers, me déclarer un hypocrite, un ravisseur, un traître, un monstre de cruauté, de libertinage et d'ingratitude. Non, non, je connais trop bien mes torts ; je sais trop combien vos plaintes seraient justes, et combien ma conduite est odieuse. Vous ne sortirez point d'ici, pour aller dire á tout Madrid que je suis un misérable, que ma conscience est chargée de crimes qui ne me permettent plus d'espérer en la miséricorde de Dieu. Fille infortunée ! vous resterez ici avec moi, ici au milieu de ces tombeaux solitaires, de ces sinistres images, de ces affreux débris de l'humanité. Vous resterez ici pour être le témoin de mes souffrances, pour y voir ce que c'est que de vivre en abomination á soi-même, et de mourir en désespéré au milieu des blasphêmes et des malédictions.... Et á qui dois-je m'en prendre ? qui m'a entraîné vers ces crimes, dont le seul souvenir me fait frissonner. Fatale enchanteresse ! N'est-ce pas ta beauté, n'est-ce pas toi qui m'as plongé dans l'abîme de l'infamie? N'est-ce pas toi qui m'as rendu perfide, hypocrite et meurtrier ? A présent même, ce regard céleste et ce maintien suppliant ne m'interdisent-ils pas tout espoir de pardon devant le trône de Dieu ? Quand je subirai le jugement de sa majesté terrible, ce regard suffira pour me condamner. Vous serez lá pour m'accuser ; vous direz á mon Juge que vous étiez heureuse jusqu'á ce que je vous eusse vue, que vous étiez pure et sans tâche jusqu'á ce que j'eusse souillé votre innocence. Vous viendrez avec ces yeux en pleurs, avec ces joues inondées et pâles, avec ces mains timidement élevées, comme vous les tendiez vers moi, lorsque vous imploriez une pitié que je n'ai pas eue. Ma perte alors sera certaine; alors aussi viendra le spectre de votre mère; il me saisira lui-même, il me précipitera dans l'éternel abîme, et me dévouera pour jamais aux flammes et aux furies. Et c'est vous qui m'accuserez! c'est vous qui serez la cause de mon éternelle damnation; c'est vous, misérable, vous, vous » !

En prononçant ces mots d'une voix tonnante, il secouait avec violence le bras d'Antonia, et frappait la terre d'un air furieux.

L'infortunée le crut frappé de folie; elle tomba á genoux, épouvantée, et pouvant á peine articuler quelques mots.

« Epargnez-moi, épargnez-moi », lui dit-elle faiblement.

« Silence » ! lui cria le Moine d'un ton terrible, la repoussant avec son pied, et la précipitant par terre.

Il s'éloigna d'elle, et d'un air égaré se mit á marcher dans le cachot. Ses yeux étaient effrayans. Antonia tremblaient toutes les fois qu'ils tombaient sur elle. Il avait l'air de méditer quelque action horrible, et elle abandonna tout espoir de sortir vivante de ces tombeaux. Ce soupçon était injuste. Malgré l'horreur et le dégoût qui assiégeaient son cœur, il s'y trouvait encore de la pitié pour sa victime. La fougue de sa passion une fois assouvie, il aurait donné tout au monde pour ne s'être pas rendu coupable d'une telle infamie. Il ne lui restait aucune trace de ces désirs ardens qui l'avaient poussé au crime. Tous les trésors de l'univers ne l'auraient pas engagé á renouveler son offense. La seule idée lui en était insupportable; et il aurait voulu effacer de sa mémoire la scène qui venait de se passer. Peu á peu sa fureur diminuait, et sa compassion croissait pour Antonia. Muet devant elle, il la contemplait d'un air sombre et farouche. Il aurait bien voulu lui adresser quelques mots de consolation, mais aucun motif ne se présentait d'où il pût les tirer. Sa situation était si déplorable, son infortune si profonde, qu'il ne semblait pas au pouvoir d'aucune puissance humaine de la soulager. Que pouvait-il désormais faire pour elle? Plus de repos pour son ame, pas de ressource pour son honneur. Enlevée pour toujours á la société, il n'osait l'y replacer. Il prévoyait que, si elle reparaissait dans le monde, elle publierait son malheur, et qu'il en serait infailliblement la victime. A un homme aussi chargé de crimes, la mort se présentait doublement affreuse; et s'il consentait á la rendre à la lumière, et á courir les risques d'une dénonciation, quelle triste perspective se présentait devant elle? Obligée de renoncer á tout espoir d'établissement avantageux, dévouée à l'opprobre, elle était condamnée pour le reste de ses jours á la honte et á la solitude. Dans cette effrayante alternative, un expédient, non moins triste, se présenta à l'esprit du Moine, pour concilier sa sûreté avec ce qui lui restait d'humanité. Il prit le parti de la laisser dans le monde passer pour morte, et de la retenir captive dans cette prison odieuse. Il se proposait de l'y venir voir tous les soirs, de prendre lui-même le soin de l'y nourrir, et de mêler aux larmes de l'infortune celles de son repentir. Il sentait combien cette résolution était injuste et cruelle; mais c'était le seul parti qui pût empêcher Antonia de publier son déshonneur et le crime qui en avait été la cause; en la relâchant, il ne pouvait compter sur son silence. Il l'avait trop cruellement offensée pour espérer qu'elle pût lui pardonner. D'ailleurs, sa rentrée dans le monde exciterait une curiosité universelle, et la violence de son affliction ne lui permettrait pas d'en cacher les motifs. Il arrêta donc qu'Antonia resterait dans le cachot.

S'approchant d'elle, avec la confusion peinte sur le visage, il la souleva de terre. Sa main tremblait en la touchant, et il la retira brusquement, comme s'il eût touché un serpent. Entraîné vers elle ; il sentait quelque chose qui l'en repoussait. Une secrète horreur le saisissait, lorsqu'il fixait ses yeux sur elle. Déjà sa conscience sentait toute la noirceur du crime, dont sa raison ne pénétrait pas encore toute l'étendue. Enfin d'une voix entrecoupée, qu'il s'efforçait de rendre aussi douce qu'il lui était possible, les yeux détournés, et parlant á peine assez haut pour être entendu, il tâcha de la consoler d'un malheur qui, désormais, paraissait sans remède. Il témoigna le plus profond repentir, et protesta qu'il voudrait racheter, par autant de gouttes de son sang, toutes les larmes qu'il avait eu la barbarie de lui faire répandre. Antonia l'écoutait dans un morne silence ; mais lorsqu'il lui annonça qu'elle ne devait plus quitter ce caveau, cette effroyable destinée, cent fois pire que la mort, la fit sortir de sa stupeur. Traîner, parmi des tombeaux, une misérable vie, dans un cachot infect, n'avoir de son existence d'autre témoin que son ravisseur ! L'idée seule d'un pareil avenir lui parut insupportable. L'horreur qu'elle lui inspirait l'emporta sur celle qu'elle sentait pour le Moine. Tombant encore une fois á genoux, elle implora sa pitié dans les termes les plus pressans. Elle promit, s'il lui rendait la liberté, de cacher au monde entier ce qu'elle avait souffert, de donner á sa disparition tous les prétextes qu'il lui suggérerait ; et afin d'éloigner de lui tout soupçon, elle offrit de quitter Madrid á l'instant. Ses instances étaient si touchantes, qu'elles firent quelqu'effet sur l'esprit du Moine. Il fit réflexion que, comme elle ne lui inspirait plus aucun désir, il n'avait aucun intérêt á la tenir cachée, comme d'abord il se l'était proposé ; qu'en la retenant, il ajoutait un nouvel outrage à ceux qu'il lui avait faits ; et qu'après tout, si elle lui tenait sa promesse, il lui importait peu qu'elle fût libre ou enfermée. D'un autre côté, il tremblait qu'Antonia, dans son affliction, ne manquât sans le vouloir á sa parole, ou que sa simplicité naïve ne facilitât á quelqu'un plus adroit la surprise de son secret. Quelque fondées que fussent ses craintes, la compassion, et un désir sincère de réparer sa faute autant qu'il était en lui, l'invitaient à consentir á ce qu'elle lui demandait. La difficulté d'expliquer d'une manière plausible le retour á la vie d'Antonia, était le seul point qui le rendit incertain. Il balançait encore, lorsqu'il entendit les pas de quelqu'un qui s'approchait avec précipitation. On ouvrit avec violence la porte du caveau, et Matilde y entra ; la terreur et l'étonnement étaient peints sur tous ses traits.

En voyant entrer quelqu'un, Antonia jeta un cri de joie ; mais toute espérance de secours fut bientôt évanouie. Le novice supposé, sans paraître surpris de trouver une femme seule avec le Prieur, dans un lieu si étrange, et à une heure si avancée, dit á celui-ci, sans perdre un instant :

« Qu'allons-nous faire, Ambrosio; nous sommes perdus, á moins qu'on ne trouve promptement quelque moyen de dissiper l'émeute. Ambrosio, le feu est au couvent de Sainte-Claire. L'Abbesse vient d'être massacrée par la populace en fureur. Déjá l'on menace de traiter de même notre couvent. Alarmés des projets du peuple, les Religieux vous cherchent partout. Ils croient que votre crédit suffira pour appaiser ce tumulte. Personne ne sait ce que vous êtes devenu. Votre absence surprend et désespère tout le monde. J'ai profité de la confusion générale pour voler ici vers vous, et vous avertir du danger ».

« Nous allons y porter remède, reprit Ambrosio ; je vais retourner vîte á ma cellule. Une raison quelconque expliquera pourquoi on ne m'a pas trouvé ».

« Impossible! réplique Matilde. Le caveau est rempli d'archers. Lorenzo de Médina, avec plusieurs Officiers de l'Inquisition, fait la recherche du souterrain, et en parcourt toutes les galeries. Vous serez intercepté au passage. On voudra savoir pourquoi vous êtes si tard ici. On trouvera Antonia, et vous êtes perdu sans ressource ».

« Lorenzo de Médina ! Des Officiers de l'Inquisition ! Qui les amène ici? Me cherchent-ils? Suis-je donc soupçonné? Parlez, Matilde, parlez; par pitié, répondez-moi » ?

« Ils ne pensent pas encore á vous; mais je crains que bientôt il n'en soit question. La seule chance que vous ayez pour leur échapper, repose sur la difficulté de trouver ce caveau. La porte en est bien cachée. Il est possible qu'ils ne l'aperçoivent point, et nous pouvons y rester jusqu'à ce que la recherche soit finie ».

« Mais, Antonia! Si les Inquisiteurs s'approchent, et qu'on entende ses cris ».

« Voici le moyen de s'en débarrasser », dit Matilde.

En même-temps, tirant un poignard, elle s'avança vers la jeune infortunée.

« Arrêtez ! arrêtez ! s'écria Ambrosio, lui prenant le bras, et lui arrachant de la main le poignard déjà levé; que voulez-vous faire, cruelle femme, La malheureuse n'a déjà que trop souffert, grâces á vos funestes conseils. Plut á Dieu que je ne les eusse jamais suivis ! Plut á Dieu que je ne vous eusse jamais connue » !

Matilde lui lança un regard de mépris.

« Insensé! s'écria-t-elle avec un air de colère et de dignité qui en imposa au Moine, pouvez-vous craindre de lui ôter une vie que vous avez rendue misérable, en lui arrachant tout ce qui pouvait la faire aimer? Mais, á la bonne heure; qu'elle vive, pour vous convaincre de votre sottise. Je vous abandonne á votre mauvais sort. Je renonce á votre alliance. Celui qui tremble de commettre un crime aussi léger, est indigne de ma protection. Ecoutez, écoutez....! Ambrosio, n'entendez-vous pas les archers? — Les voilá qui viennent. Votre perte est inévitable ».

Dans ce moment, le Prieur entendit parler quelques personnes dans le lointain. Il courut á la porte, du mystère de laquelle dépendait son salut, et que Matilde avait négligé de fermer. Avant qu'il y fût rendu, Antonia passa légèrement á côté de lui, se précipita par la porte ouverte, et, plus vîte que la flèche, courut vers le bruit qu'on avait entendu. Elle avait écouté Matilde avec attention, et distingué le nom de Lorenzo. Résolue à tout risquer, pour se mettre sous la protection de ce seigneur, et convaincue, par le bruit que faisaient les archers, qu'ils ne pouvaient être éloignés, elle avait rassemblé tout ce qui lui restait de forces pour s'enfuir. Ambrosio, revenu de sa première surprise, ne manqua pas de la poursuivre. Inutilement Antonia redoubla de vîtesse. A chaque instant, son ennemi gagnait sur elle du terrain. Elle entendait ses pas prêts á se confondre aux siens; elle sentait sur son col la chaleur de son haleine. Bientôt il l'atteignit, et, saisissant d'une main une poignée de ses cheveux épars, il essaya de l'entraîner avec lui dans le cachot. Antonia résista de toutes ses forces. Entourant de ses bras un des piliers qui soutenaient la voûte, elle se mit á crier. En vain le Moine tâcha de lui imposer silence.

« Au secours! continua-t-elle à crier; au secours, au secours, pour l'amour de Dieu »!

A ces cris, les pas qui s'étaient fait entendre parurent devenir plus vifs. Le Prieur á tout moment croyait voir arriver les Inquisiteurs. Antonia résistait et criait toujours; enfin, il prit, pour la faire taire, un moyen horrible et infernal. Il avait encore á la main le poignard de Matilde, il le plongea deux fois dans le sein d'Antonia ; elle tomba, en jetant un grand cri. Le Moine essaya de l'entraîner; mais elle tenait toujours le pilier fortement embrassé. En ce moment, la lumière des torches qui s'approchaient brilla sur la muraille. Ambrosio, craignant d'être découvert, fut forcé d'abandonner sa victime, et se retira promptement dans le caveau où il avait laissé Matilde.

Don Ramirez, arrivant le premier, aperçut par terre une femme baignée dans son sang, et voyant fuir un homme dont l'épouvante faisait assez présumer qu'il était l'assassin, il poursuivit sur-le-champ le fugitif avec une partie des archers, tandis que les autres avec Lorenzo, restèrent pour donner du secours á la personne blessée. Elle était évanouie; mais bientôt, elle donna des signes de vie. Elle ouvrit les yeux ; et lorsqu'en levant la tête, elle dégagea son front d'une forêt de cheveux blonds dont il était couvert :

« Dieu tout-puissant, s'écria Lorenzo, c'est Antonia » !

Quoique poussé par une main égarée, le poignard n'avait que trop bien réussi. Les blessures étaient mortelles ; Antonia sentit qu'elle ne pouvait en revenir. Cependant le peu de momens qui lui restaient á vivre furent des instans heureux. La douleur exprimée sur les traits de Lorenzo, les expressions de sa tendresse au désespoir, ses plaintes, ses questions, tout la convainquit qu'elle était aimée. Elle ne voulut pas qu'on la transportât hors du caveau, dans la crainte que le moindre mouvement ne lui causât la mort, et elle eût été fâchée de perdre des momens qu'elle pouvait employer à donner á Lorenzo des témoignages de son amour. Elle lui dit que sans les outrages qu'elle avait reçus, elle pourrait regretter la vie ; mais que, désormais dévouée á l'opprobre, elle était heureuse de mourir. Indigne du nom et de la main de Lorenzo, elle n'avait rien á regretter dans la vie. Elle l'invita á ne se point laisser abattre, á ne se point laisser abandonner á une inutile douleur, et lui déclara qu'il était au monde le seul objet qu'elle regrettât. Elle continua ainsi jusqu'aux derniers momens á déchirer le cœur de Lorenzo par les plus doux aveux. Enfin, sa voix s'affaiblit et s'embarrassa ; ses yeux se couvrirent d'un nuage. Les mouvemens de son cœur se rallentirent, et tout lui annoça que sa fin était proche.

Elle était couchée par terre, la tête appuyée sur Lorenzo ; ses lèvres murmuraient encore á son amant quelques paroles de consolation, lorsqu'elle entendit le son affaibli de l'horloge du couvent ; ses yeux tout-á-coup étincelèrent d'un feu céleste. Tout son corps parut reprendre de la force et de la vie. Elle s'échappa des des bras de Lorenzo.

« Trois heures, dit-elle ; ma mère me voilá » !

Elle joignit les mains et tomba morte. Lorenzo, au désespoir, se jeta par terre á côté d'elle ; il arrachait ses cheveux, se frappait la poitrine, et ne voulait point se séparer du cadavre. Enfin, épuisé de fatigue et de douleur, il se laissa transporter hors du caveau et conduire au palais de Médina.

Ambrosio, poursuivi de près, réussit cependant á gagner le cachot. Il en avait déjà fermé la porte, lorsque Don Ramirez arriva. Il se passa beaucoup de temps avant qu'on découvrit sa retraite. Enfin, la persévérante attention des archers en vint á bout. Ils enfoncèrent la porte et entrèrent dans le cachot, au grand effroi d'Ambrosio et de sa complice. La confusion du Moine, le soin qu'il avait pris de se cacher, sa fuite rapide, et ses vêtemens maculés de sang, ne laissèrent aucun doute qu'il ne fût l'assassin d'Antonia. Mais lorsqu'on reconnut en lui le vénérable Ambrosio, le saint homme qui était l'idole de Madrid, les spectateurs confondus pouvaient á peine se persuader ce qu'ils voyaient. Le Prieur ne chercha point á s'excuser ; il gardait un morne silence. On le saisit et on l'enchaîna, ainsi que Matilde. Le capuchon de celle-ci venant á se déranger, sa figure et ses cheveux apprirent quel était son sexe, et il en résulta une nouvelle surprise. On trouva encore le poignard dans la place où le Moine l'avait jeté. Après avoir fait dans tout le souterrain une exacte recherche, on conduisit les deux coupables dans les prisons du Saint-Office.

Don Ramirez prit soin qu'on n'apprît au peuple ni le nom ni les crimes des prisonniers ; on craignait une répétition des évènemens arrivés á Sainte-Claire; on se contenta de faire dans le couvent des Dominicains une visite, qui ne produisit aucune découverte nouvelle; les effets trouvés dans la cellule d'Ambrosio et dans celle de Matilde furent portés á l'inquisition, pour servir de pièces de conviction;

et tout dans Madrid rentra dans l'ordre accoutumé.

Le couvent de Sainte-Claire avait été complétement détruit par le pillage et l'incendie. Les Religieuses dispersées entrèrent dans d'autres communautés, excepté un petit nombre que le peuple dans sa fureur, avait immolées, ainsi que l'Abbesse et ses quatre complices.

Virginie, sauvée par les soins de Lorenzo, ne fut point ingrate envers son libérateur. Conduite chez son père, son premier soin avait été d'appeler les secours de la médecine auprès de l'infortunée dont elle s'était chargée. Ils produisirent d'abord peu d'effets sur un corps épuisé par tant de souffrances. Enfin la nourriture saine, les remèdes choisis, les attentions délicates, le bonheur, surtout la liberté et la joie, réussirent à la rendre á l'amour et à la vie. Virginie, de l'instant où elle l'avait vue, avait senti pour elle le plus tendre intérêt ; mais combien ce sentiment augmenta de chaleur et de vivacité, lorsque le temps et la santé eurent assez rétabli son aimable malade, pour qu'elle reconnût en elle la sœur de Lorenzo !

Cette victime de la tyrannie monastique n'était autre, en effet, que la malheureuse Agnès. Virginie l'avait bien connue au couvent de Sainte-Claire ; mais sa figure altérée, ses traits changés par le malheur, le bruit de sa mort universellement accrédité, ses cheveux prodigieusement allongés dans sa longue solitude, et répandus en désordre sur son visage, l'avaient empêchée de reconnaître une de ses plus chères amies. Vivement sollicitée par l'Abbesse, sa tante, de prendre le voile dans le couvent de Sainte-Claire, Virginie n'avait été détournée d'y faire profession que par les conseils et l'exemple d'Agnès. Celle-ci, dans les fréquens épanchemens d'une étroite intimité, lui avait peint sous de vives couleurs les inconvéniens de la vie claustrale. Elle l'avait engagée á rester dans le monde, où sa beauté, sa naissance et sa fortune lui promettaient les plus brillans succès. Souvent elle lui avait témoigné le désir que son frère Lorenzo fût assez heureux pour attirer ses regards et former, en l'épousant, un lien de plus qui les unît l'une à l'autre. Virginie n'avait point repoussé ses vœux, auxquels les avantages de Lorenzo pouvaient donner quelque prix. Les événemens avaient depuis éloigné une supposition, qui peu-á-peu s'était changée en espérance. D'autres circonstances, en replaçant tout-á-coup près de Virginie Agnès et Lorenzo, donnèrent un nouvel intérêt á des sentimens déjá plus vifs qu'il ne convenait á son repos. La position où se trouvait Lorenzo s'accordait mal avec de pareils projets. La mort soudaine et terrible de sa maîtresse lui avait porté un coup affreux. Tout entier à sa douleur, il ne voulait pas même supposer qu'il pût un jour se consoler. Son affliction était si profonde, si sincère, que le Duc aurait craint de le blesser en lui proposant ouvertement ce qu'il espérait un jour obtenir du temps et des charmes de Virginie.

Agnès, de retour á la vie, n'avait pas manqué de demander des nouvelles de Don Raymond. Quelqu'affligée qu'elle fût d'apprendre le triste état où il était réduit, flattée d'en être la cause, elle se félicitait d'être si tendrement aimée. Le Duc se chargea lui-même d'apprendre au malade le bonheur qui venait de lui arriver. Avec quelques précautions qu'il prît le soin de l'en instruire, les transports de Raymond furent si vifs qu'ils pensèrent lui être funestes. Mais la tranquillité d'ame et la présence d'Agnès, qui ne fut pas plutôt rétablie qu'elle vint avec la mère de Virginie le visiter, le mirent bientôt en état de surmonter son mal. Le calme de son ame se communiqua à son corps.

Son rétablissement fut assez rapide pour étonner tout ce qui l'environnait.

Lorenzo, moins heureux, ne trouvait que dans la société d'Agnès quelque soulagement á sa douleur profonde; sentant combien elle lui était nécessaire, sa sœur ne quittait point sa chambre; elle écoutait avec patience ses plaintes répétées; sa compassion, sa douce sympathie charmaient sa douleur et adoucissaient son amertume. Par degrés il reprit des forces; mais ses progrès furent lents et douteux. Un soir, il semblait moins triste qu'á l'ordinaire. Agnès et son amant, le Duc, Virginie et ses parens étaient assis autour de lui. Pour la première fois, il pria sa sœur de lui apprendre comment elle avait échappé au poison que la Mère Sainte-Ursule lui avait vu prendre. Agnès jusqu'alors avait craint, en lui racontant ces circonstances, de rappeler trop vivement á sa mémoire les tristes détails de la mort d'Antonia. Invitée par lui-même, et pressée par ses amis, elle céda á leurs instances, après avoir rapporté les particularités qu'on a vues dans le récit de la Mère Sainte-Ursule, elle continua en ses termes :

Fin de l'histoire d'Agnès de Médina.

Ma mort supposée fut accompagnée des plus grandes douleurs. Ces momens, que je croyais être mes derniers, furent empoisonnés par les assurances de l'Abbesse, que je ne pouvais échapper á l'éternelle perdition. En fermant les yeux, j'entendis sa rage s'exhaler en malédictions sur mes fautes. Il me serait difficile de vous rendre l'horreur de cette situation, de vous peindre combien était affreux ce lit de mort, dont tout espoir était banni, ce sommeil dont je ne devais sortir que pour me voir en proie aux flammes et aux furies ; lorsque les sens me revinrent, j'étais encore frappée de ces funestes images. Je regardais, tremblante, autour de moi, craignant d'y rencontrer des ministres de la vengeance divine. Pendant la première heure, mes sens étaient si engourdis, mon cerveau si offusqué, que je cherchais en vain á mettre de l'ordre dans les idées qui se présentaient á mon imagination. J'essayais de me lever, tous les objets chancelaient devant moi. Je retombai par terre. Mes yeux faibles et éblouis ne pouvaient supporter la vue d'un rayon de lumière que je voyais scintiller à quelque distance. Je me vis forcée de les refermer, de rester immobile dans la même position.

Une heure encore s'écoula avant que je pusse considérer les objets dont j'étais entourée. Lorsque je les examinai, de quelle terreur je fus frappée! J'étais étendue sur une espèce de brancard; il était garni de six poignées, qui sans doute avaient servi aux Religieuses à me porter au tombeau. J'étais couverte d'une toile; sur moi étaient éparses quelques fleurs flétries. D'un côté était un petit crucifix de bois, et de l'autre un rosaire á gros grains. J'étais enfermée en quatre murs peu élevés, fort rapprochés les uns des autres. Le haut était couvert; au milieu était une grille par où passait le peu d'air qui circulait dans ce triste réduit. Une très-petite clarté, qui passait au travers des barreaux, me permettait de distinguer les horreurs qui m'environnaient. Une odeur infecte me suffoquait; et voyant que la grille n'était pas fermée, je crus pouvoir m'échapper. En me soulevant á cet effet, j'aperçus près de moi un cercueil, que couvrait un simple voile; je le levai. Quelle fut ma surprise et mon épouvante, lorsque, à l'aide de ma mémoire, je pus reconnaître, malgré l'obscurité, la dépouille mortelle d'une de mes compagnes, dont j'avais vu les funérailles quelques semaines auparavant ! Je me laissai retomber sans connaissance sur mon brancard.

Lorsque le sentiment me revint, cette circonstance, et la conviction qu'elle me donnait que j'étais au milieu des morts, augmenta le désir que j'avais de m'enfuir. Je fis encore un mouvement vers la lumière. La grille était á ma portée ; je la levai sans difficulté : probablement on l'avait laissée ouverte pour me donner la facilité de quitter le cachot. A l'aide de quelques pierres qui, dans les murs, s'avançaient un peu plus que les autres, je parvins á monter et á sortir de ma prison : je me trouvai alors dans une cave assez spacieuse. Plusieurs tombeaux, semblables en apparence á celui que je venais de quitter, étaient rangés le long des côtés, et paraissaient creusés assez avant dans la terre. Une lampe sépulcrale était suspendue á la voûte par une chaîne de fer, et jetait une clarté sombre dans tout le caveau. De divers côtés, on voyait sur les murs des inscriptions en caractères gothiques et d'autres emblèmes de mort. Chaque tombe était ornée d'un grand crucifix. Dans un coin était une statue de Sainte-Claire. Je ne fis pas d'abord attention à ces objets. Une porte, seule issue qui se présentât pour sortir du caveau, avait frappé mes yeux. J'y courus avec précipitation, m'enveloppant du linceul qui me couvrait. Je poussai la porte, et, á mon inexprimable douleur, je trouvai qu'elle était fermée en dehors.

Je présumai alors que l'Abbesse, se trompant sur la nature du breuvage qu'elle m'avait forcée de prendre, m'avait donné, au lieu de poison, un puissant narcotique; j'en conclu que paraissant morte aux yeux de tout le monde, j'avais subi toutes les cérémonies de l'enterrement, et que, ne pouvant instruire personne de mon existence, j'étais destinée á mourir de faim. Cette idée me fit frissonner, moins pour moi que pour l'innocente créature qui vivait encore dans mon sein. Je fis de nouveaux efforts pour ouvrir la porte; ils furent inutiles. Je forçai ma voix pour appeler au secours; aucune voix ne me répondit. Un triste et profond silence régnait dans tout le souterrain. Je désespérai de ma liberté. Depuis longtemps je n'avais point pris de nourriture. La faim commença à se faire sentir, et les tourmens qu'elle me causa furent insupportables. Ils augmentèrent d'heure en heure avec la crainte. Tantôt je m'arrachais les cheveux de désespoir, tantòt je retournais á la porte, essayant vainement de l'ouvrir, et criant de nouveau pour obtenir du secours. Plus d'une fois je fus tentée de me frapper aux tempes contre le coin aigu de quelque tombeau, et de mettre ainsi un terme á tous mes maux; mais toujours le souvenir de mon enfant me retenait. J'exhalais alors ma douleur en sanglots et en lamentations, ou je restais, dans un morne silence et les bras étendus, assise sur le pied de la statue de Sainte-Claire. Ainsi se passèrent plusieurs heures, pendant lesquelles je ne cessais d'implorer et d'attendre la mort, lorsque j'aperçus sur un tombeau voisin un petit panier, auquel je n'avais point encore fait attention. Je l'examinai; il contenait un pain de l'espèce la plus grossière, et une petite bouteille d'eau. Le pain était dur et l'eau mal-propre; cependant je me jetai avec avidité sur ces misérables alimens, et quand la première faim fut appaisée, je réfléchis sur cette nouvelle particularité. Etait-ce pour moi qu'on avait placé lá ce panier? J'osai l'espérer. Cependant qui pouvait deviner que j'eusse besoin de ce secours? Si l'on savait que j'étais encore vivante, pourquoi étais-je retenue dans ces sombres caveaux? Si j'étais prisonnière, que signifiaient les cérémonies pratiquées á l'occasion de ma mort; ou, si j'étais condamnée á périr de faim, á la pitié de qui étais-je redevable de ce secours? Une amie n'aurait pas tenu dans le secret mon terrible châtiment; il ne me paraissait pas probable qu'une ennemie m'eût fourni ces moyens d'existence. J'étais portée à espérer que quelques-unes des Religieuses qui s'étaient déclarées en ma faveur, avaient trouvé moyen d'informer ma famille du traitement qu'on me faisait éprouver, et que peut-être il se tramait quelque heureux projet pour ma délivrance. Je fus bientôt frustrée de cet espoir par l'arrivée de l'Abbesse, qui, éclairée par une torche, et suivie de quatre Religieuses qui avaient été témoins de ma mort supposée, entra en ce moment dans le caveau.

L'Abbesse approcha la torche de mon visage, me regarda quelques instans en silence, et ne montra aucune surprise de me trouver vivante: elle s'assit. J'étais tremblante et debout; elle m'ordonna d'approcher: n'ayant pas la force de me soutenir, je tombai à ses genoux les mains jointes, et sans pouvoir prononcer une parole.

« Est-ce encore comme criminelle, ou est-ce comme pénitente, dit-elle, que vous implorez ma pitié? Est-ce la contrition qui anime vos regards, ou la crainte du châtiment? Je crains que ce ne soit ce dernier motif. — Cependant prenez courage; je ne veux point votre mort, je ne désire que votre repentir. La potion que je vous ai fait prendre était de l'opium, et non pas du poison. Mon intention a été, en vous trompant, de vous faire sentir combien auraient été poignans les reproches de votre conscience, si la mort vous eût surprise avant l'expiation de vos crimes. Je vous ai fait sentir les pointes du remords; je vous ai familiarisée avec la mort, et j'ose espérer que cette souffrance momentanée produira pour votre salut des effets éternellement heureux. Mon dessein n'est point de détruire votre ame immortelle; non, ma fille. Je veux, au contraire, achever de la purifier par la mortification et la pénitence. Ecoutez donc votre arrêt, dont je ne suis que l'organe. Le zèle mal entendu de vos amies en a jusqu'á ce moment différé l'exécution; rien ne peut désormais vous y soustraire. Votre famille est, ainsi que tout Madrid, persuadée de votre mort, et celles de nos Sœurs qui se sont déclarées pour vous, ont assisté á vos funérailles. Votre existence est désormais un mystère impénétrable. Renoncez donc á tout espoir de revoir le monde, dont vous êtes séparée pour l'éternité, et employez le peu de jours qui vous restent à vous préparer pour une autre vie ».

Cet exorde me glaça d'effroi. Je voulus parler; un regard m'imposa silence. Elle continua:

« Au-dessous de ces caveaux, il existe des prisons réservées, par l'ordre exprès de notre fondatrice, aux malheureuses qui, comme vous, ont forfait á leurs vœux et à leur honneur. L'entrée de ces demeures est un secret, et vous allez y être á l'instant descendue. On vous y fournira chaque jour la quantité de nourriture exactement nécessaire pour entretenir votre existence, et cette nourriture sera simple et même grossière. Pleurez, ma sœur, pleurez; et arrosez votre lit de vos larmes. Dieu sait que vous avez sujet de vous affliger. Vous n'aurez plus désormais pour consolation que la religion, pour société que le repentir. Tels sont les ordres de Sainte-Claire. Ayez á vous y soumettre sans murmure, et suivez-moi ».

Frappée comme d'un coup de tonnerre en entendant ce barbare décret, le peu de force qui me restait m'abandonna; je ne répondis á l'Abbesse que par des torrens de larmes; mais, insensible á mon affliction, elle se leva, et Marianne et Alix, obéissant á son signal, m'enlevèrent dans leurs bras: l'Abbesse les suivit, appuyée sur Violente et précédée de Camille, qui portait la torche. Ainsi s'avança notre triste procession, dans un silence profond, qu'interrompaient seulement mes soupirs et mes gémissemens. Lorsque nous arrivâmes á la principale statue de Sainte-Claire, la figure fut, je ne sais par quel moyen, dérangée de dessus son piédestal. Les Religieuses levèrent alors une grille de fer, qui, en se renversant, fit un bruit effroyable : ce bruit se répéta dans les caveaux, dont je voyais l'abîme ouvert sous mes yeux. Mes conductrices me descendirent par un escalier étroit et escarpé. A cette vue, je remplis l'air de mes cris ; j'implorai leur compassion ; j'appelai á mon secours le ciel et la terre. Ce fut en vain ; elles me firent entrer de force dans une des cellules souterraines de cette caverne.

Je sentis mon sang se glacer ; le froid me saisit. L'humidité des murs, le lit de paille qui m'était destiné, la chaîne que j'entendis sonner, et surtout la vue des reptiles de toute espèce que je vis s'enfuir á leurs repaires, á mesure que la torche avançait, tous ces objets me pénétrèrent de terreur. M'arrachant de leurs mains, je me jetai de nouveau aux pieds de l'Abbesse.

« Si ce n'est pas pour moi, lui dis-je, avec une douleur frénétique, daignez au moins jeter un regard de pitié sur l'innocente créature dont la vie est unie à la mienne. Mon crime est grand ; mais mon enfant, mon pauvre enfant, doit-il l'expier? Il n'a point commis de faute : faudra-t-il qu'il souffre avant même qu'il soit né » ?

L'Abbesse fit un pas en arrière, et arracha son habit de mes mains, comme s'il eût été contagieux.

« Quoi! s'écria-t-elle d'un air exaspéré, voulez-vous donc m'intéresser au produit de votre infamie? Est-il á propos qu'on favorise la conservation d'un être conçu dans le parjure et l'incontinence? Malheureuse, n'attends de moi aucune pitié, ni pour toi ni pour ton bâtard. — Priez plutôt le ciel qu'il daigne le faire périr avant sa naissance, ou, s'il doit voir le jour, que ses yeux soient aussitôt après fermés pour jamais. Mettez donc au monde le fruit de votre crime; nourrissez-le, enterrez-le vous-même; je prierai le ciel qu'il en débarrasse cette enceinte plutôt que plus tard ».

A cet excès d'inhumanité, frappée de ses menaces, et de ses vœux barbares pour la mort de mon enfant, je tombai évanouie aux pieds de mon implacable ennemie. J'ignore combien je restai de temps en cet état; mais á mon réveil, je ne vis plus autour de moi ni l'Abbesse, ni les Religieuses. Tout était dans le silence; mais tout était horrible. Je me trouvai étendue sur une couche de paille, attachée par le milieu du corps à la chaîne pesante que j'avais déjá aperçue, et dont une extrémité était fixée dans le mur. La lueur sombre d'une lampe me laissait apercevoir toute l'horreur de ma nouvelle demeure. Point de porte à mon cachot, qui n'était séparé du reste de la caverne que par un mur á hauteur d'appui. Un crucifix de plomb était en face de mon lit. A côté de moi je vis un fouet, un chapelet, un cilice; á quelque distance, un pot rempli d'eau, un panier contenant un pain noir, et une bouteille d'huile pour la lampe.

Après tant et de si brillantes espérances, moi, la nièce du Duc de Médina Céli; moi, l'amante, l'épouse du Marquis de Las Cisternas, née et nourrie dans l'opulence, alliée aux plus nobles familles de l'Espagne! Moi, riche surtout, ou au moins qui aurait dû l'être, en amis et en protecteurs, me trouver en cette situation, ensevelie vivante dans ce gouffre et chargée de chaînes! Au premier instant je crus rêver; mais le second ne me fit que trop sentir la réalité de mon sort.

Tant de maux durent avancer le terme de ma grossesse. Je fus en effet délivrée, peu d'heures après ces événemens, de mon malheureux fardeau; seule, sans aucun secours, sans amis, sans consolation, je mis au monde un enfant vivant; mais qu'en pouvais-je faire? Ignorant de quelle manière il aurait fallu s'y prendre pour conserver la vie á un être si délicat et si tendre, je ne savais, hélas! que le baigner de mes larmes, le réchauffer dans mon sein, et adresser pour lui mes prières au ciel. Ce sentiment n'était pas sans quelque plaisir : j'en fus bientôt privée ; mon enfant mourut. Le défaut de moyens, l'air malsain de la caverne, le froid, la misère, eurent bientôt terminé la courte et pénible existence de mon joli enfant. Cependant je ne m'en séparai point ; je l'enveloppai dans quelques morceaux déchirés de mes vêtemens, et placé sur mon sein, ses petits bras autour de mon col, sa joue froide et pâle contre la mienne, je passais ainsi les jours et les nuits à le couvrir de baisers, á lui parler, á pleurer, á gémir. Camille entrait régulièrement une fois toutes les vingt-quatre heures pour m'apporter ma nourriture. Quoiqu'elle fût d'un naturel dur, elle ne put voir sans émotion un si triste spectacle. Elle craignit que l'excès de mon chagrin ne me rendît folle ; et, pour dire la vérité, je n'étais pas toujours en mon bon sens. Elle pressa, par un motif de compassion, de permettre qu'elle enterrât mon enfant. Je n'y voulus point consentir ; et quoique bientôt il ne fût plus qu'une masse informe et dégoûtante pour tout autre qu'une mère, je surmontai toute répugnance, je persistai á garder contre mon sein l'être infortuné qui avait été mon enfant, à tâcher, en le regardant, de me rappeler ses traits. Cette triste occupation était mon seul plaisir, et je n'y ai renoncé, même après ma délivrance, que vaincue par les sollicitations de deux bonnes amies. — Ici Agnès porta alternativement à ses lèvres les mains de la Marquise et de Virginie. — J'ai consenti alors que sa dépouille mortelle fût déposée en terre sainte.

Camille venait chaque jour, comme je l'ai dit, m'apporter ma nourriture. Elle ne cherchait point à aigrir mes chagrins. Elle ne me laissait, à la vérité, concevoir aucun espoir de liberté, mais elle m'encourageait à supporter patiemment mes maux, et à chercher des consolations dans la religion. Mon état l'affectait évidemment plus qu'elle n'osait l'exprimer; mais elle croyait que d'atténuer ma faute à mes propres yeux, ce serait peut-être me priver de tous les biens qui seraient pour moi la suite et l'effet du repentir. Souvent j'ai vu, tandis que sa bouche me peignait l'énormité de mon crime, que son cœur était secrètement sensible à mes souffrances. Je suis même assurée qu'aucune de celles qui m'ont tourmentée (car les trois autres entraient quelquefois dans ma prison), je suis assurée, dis-je, qu'elles étaient moins animées par un sentiment cruel, que par la persuasion où elles étaient que le seul moyen de sauver mon ame était de martyriser mon corps, encore cette persuasion n'était-elle que l'effet des instigations de l'Abbesse, à laquelle chacune d'elles croyait devoir une obéissance aveugle, en dépit de la charité chrétienne, en dépit de leur propre raison. Quant à l'Abbesse, son courroux ne se rallentit point, à compter du moment où ma faute et mon projet de fuite lui furent révélés par le Prieur des Dominicains. Une seule fois elle prit la peine de me rendre visite ; ce fut pour m'accabler de nouveaux reproches, et sans me laisser voir le plus léger signe de pitié. Femme insensible !... Mais je ne veux point écouter mon ressentiment. Elle a expié, par sa mort terrible et inattendue, ses torts envers moi. Cependant, quel qu'ait été son tort, ses souffrances ne sont guère comparables aux miennes. Elle n'a pas été, comme moi, glacée par le froid perçant ; elle n'a pas respiré un air épais et pestilentiel ; elle n'a pas eu á endurer, pendant son sommeil, le froid lézard sur son visage ou dans les tresses de ses cheveux ; elle n'a pas senti, avec un mortel effroi, le crapaud hideux et gonflé de noirs venins, se traîner pesamment contre son sein !.... Que le ciel fasse paix à son ame ! Puissent ses crimes lui être pardonnés, comme je lui pardonne mes souffrances!

Telle était ma situation, lorsque Camille tomba tout-à-coup malade d'une fièvre que l'on dit être putride. Peut-être que Camille, moins jeune que moi, n'avait pu respirer impunément l'air du caveau. Retenue au lit, nulle autre que la Sœur Laïque qu'on avait chargée de la veiller, n'osait l'approcher, de crainte de gagner la contagion. L'Abbesse et les autres m'ayant totalement confiée aux soins de Camille, occupées d'ailleurs des préparatifs de la fête, ne songeaient point á moi; c'est ainsi que la Mère Sainte-Ursule m'a depuis expliqué leur négligence, dont j'étais loin alors de soupçonner la cause. Un jour se passa, le second encore, le troisième même arriva, sans que je visse entrer Camille, et sans qu'on m'apportât aucune nourriture. Je comptais les jours par la consommation de ma lampe, pour laquelle il me restait encore de l'huile à peu-près pour une semaine. Je présumai que les Religieuses m'avaient oubliée, ou que l'Abbesse leur avait ordonné de me laisser périr. Mon corps n'était plus qu'un squelette á peine animé; tous mes membres commençaient á s'engourdir; je n'attendais plus enfin que le moment de ma dissolution... quand mon ange libérateur, mon frère, arriva bien á propos pour me sauver. Ma vue était si faible, que d'abord je ne le reconnus point; mais quand je pus distinguer ses traits, l'excès de ma joie, á la vue d'un ami si cher á mon cœur, m'eut bientôt ravi l'usage de mes sens.

Vous savez déjà quelles sont mes obligations envers la famille de Villa-Franca. Mais ce que vous ne pouvez savoir, c'est l'étendue de ma reconnaissance, qui est infinie, comme la bonté de ceux qui m'ont obligée. Lorenzo, Raymond! noms si chers á mon cœur, aidez-moi á supporter ce passage subit du désespoir au bonheur. Captive naguère, chargée de chaînes, mourant de faim, souffrant tous les besoins á la fois, privée du jour et de la société, abandonnée, et me croyant oubliée de tout l'univers; aujourd'hui, rendue á la liberté et á la vie, placée au milieu de toutes les jouissances que peuvent donner l'opulence et le repos, environnée de tous les êtres qui me sont chers, et sur le point d'épouser celui á qui mon cœur est depuis si long-temps engagé, mon bonheur est si grand, si complet, que je doute quelquefois si mon ame en pourra soutenir le poids. Il ne me reste qu'un désir á former, c'est de voir mon frère rétablir sa santé, et ne plus penser, avec tant d'amertume, à sa chère Antonia. Voilà désormais le seul objet de mes désirs. Je me flatte que mes souffrances auront expié devant Dieu les fautes que j'ai commises. Je sens que je l'ai beaucoup offensé.

Raymond, la tendresse m'a perdue. Je me reposai trop sur mes forces, mais je ne comptais pas moins sur votre honneur que sur le mien. J'avais fait vœu de ne plus vous revoir; sans les fatales suites de ce moment d'oubli, j'aurais tenu l'engagement que j'en avais pris avec moi-même. Le sort ne l'a pas permis, et je ne peux que me féliciter de sa décision. Je fus bien coupable cependant, et tout en essayant de me justifier, je rougis de mon imprudence. Laissons cet objet, Raymond; ne nous souvenons du passé que pour mieux chérir l'avenir qui s'offre à nous, et que la conduite de votre femme ne vous rappelle jamais les erreurs de votre maîtresse.

Ici finit Agnès. Le Marquis lui répondit dans les termes les plus tendres. Lorenzo parut enchanté d'appartenir de si près à un homme pour lequel il avait la plus haute considération. Une bulle du Pape avait relevé Agnès de ses vœux. Bientôt le mariage se fit; les époux partirent, peu de temps après, pour le château qu'avait Don Raymond en Andalousie. Lorenzo les accompagna, ainsi que la Marquise de Villa-Franca et l'aimable Virginie. On n'a pas besoin de dire que Théodore y suivit son maître, et qu'il fut enchanté de son bonheur. Le Marquis, avant son départ, pour expier autant qu'il le pouvait sa négligence envers Elvire, fit à Léonelle un beau présent. Jacinthe ne fut point oubliée, et bénit, dans sa reconnaissance, le jour où sa maison avait été ensorcelée.

Agnès, de son côté, eut soin de ses amies du couvent. La digne Mère Sainte-Ursule, á qui elle devait sa liberté, fut nommée, par ses soins, Supérieure des *Dames de la Charité*, maison considérable et respectée dans toute l'Espagne. Berthe et Cornélie, ne voulant pas quitter leur amie, la suivirent dans la même communauté. Quant aux Religieuses qui avaient aidé l'Abbesse á persécuter Agnès, Camille, retenue dans son lit par une indisposition, avait péri dans l'embrasement du couvent de Sainte-Claire. Marianne, Alix et Violante, ainsi que deux autres, avaient péri victimes de la fureur populaire. Les trois dernières de celles qui, dans le conseil, avaient soutenu l'avis de l'Abbesse, furent sévèrement réprimandées par les Supérieurs ecclésiastiques.

Placées dans des maisons obscures de quelques provinces éloignées, elles y languirent le reste de leurs jours, honteuses de leur lâche condescendance, en butte aux mépris et à la haine de leurs nouvelles compagnes.

La fidelle Flore ne resta pas sans récompense. Consultée sur ses désirs, elle parut souhaiter de revoir son pays. En conséquence, on lui procura les moyens de partir pour Cuba, où elle se rendit, chargée de bienfaits de Raymond et de Lorenzo.

Après avoir acquitté les dettes de la reconnaissance, Agnès entreprit de payer celles de l'amitié et de rendre le bonheur á l'amant d'Antonia. Habitant les mêmes lieux, Virginie et Lorenzo étaient sans cesse ensemble. Plus il la voyait, plus il était convaincu de ses excellentes qualités. De son côté, elle ne négligeait rien pour lui plaire. et il lui était impossible de n'y pas réussir. Lorenzo admirait sa beauté, louait ses talens, et était enchanté de son caractère. Il était flatté d'ailleurs du penchant qu'elle avait pour lui, et qu'elle n'avait pas l'art de déguiser. Le sentiment qu'elle lui inspirait peu á peu, ne ressemblait point cependant au feu dont il avait brûlé pour Antonia. L'image de cette aimable et malheureuse fille ne sortait point de son cœur. Elle résistait á tous les efforts que faisait Virginie pour la supplanter. Cependant, lorsque le Duc engagea son neveu á ce mariage, Lorenzo ne rejeta pas la proposition. Les instances de ses amis, le mérite de la jeune personne, vainquirent enfin la répugnance qu'il montrait à prendre de nouveaux engagemens ; il finit par se proposer lui-même au Marquis de Villa-Franca, et fut accepté avec joie et reconnaissance. Virginie devint sa femme, et ne lui donna jamais lieu de se repentir de son choix. Sa considération pour elle augmenta de jour en jour. Elle recueillit le fruit des efforts continuels qu'elle faisait pour lui plaire. L'attachement qu'elle inspirait prit avec le temps un caractère plus vif et plus tendre. L'image d'Antonia cessa de troubler la pensée de Lorenzo ; et Virginie finit par posséder seule ce cœur, dans lequel elle était digne de régner sans partage.

Raymond et Agnès, Virginie et Lorenzo jouirent, pendant le reste de leurs jours, de tout le bonheur que la nature permet à des êtres faibles et mortels. Les chagrins violens qu'ils avaient éprouvés, leur rendirent légères toutes les peines ordinaires de la vie. Ils avaient senti les traits les plus cuisans du sort, et ceux que désormais il pouvait lancer sur eux, étaient émoussés et fragiles en comparaison des premiers. Familiarisés avec les tempêtes, ils ne regardaient les orages journaliers que comme ces vents légers qui, dans les jours d'été, rident la surface des mers.

XII.

« C'était un malin et cruel esprit. L'enfer n'a point d'hôte plus dangereux. Nourri d'orgueil, de haine et de fureur, il est ennemi des bons comme des méchans ».

THOMSON.

Le lendemain de la mort d'Antonia, tout Madrid fut surpris et consterné. Un archer témoin de l'aventure des tombeaux, avait indiscrètement publié les détails de l'assassinat. Il en avait nommé l'auteur : les bonnes ames étaient confondues. La plupart des dévotes n'en voulurent rien croire, et vinrent elles-mêmes au couvent pour s'en instruire. Les Religieux voulant écarter l'opprobre de leur maison, disaient aux curieux qu'une indisposition était la seule cause qui empêchât Ambrosio de les recevoir comme á l'ordinaire. Cette excuse, trop souvent répétée, manqua son effet. L'histoire de l'archer prit de la consistance ; les partisans du Prieur l'abandonnèrent. Personne ne douta plus de son crime ; et ceux qui l'avaient prôné avec le plus d'enthousiasme, devinrent les plus ardens á déclamer contre lui.

Tandis qu'on agitait avec chaleur dans Madrid la question de son innocence, Ambrosio était en proie aux tourmens du remords, et son ame était agitée par les terreurs du supplice; lorsqu'il contemplait l'élévation d'où il était déchu ; lorsqu'il se rappelait combien il avait été honoré et respecté, lorsqu'il était en paix avec le monde et avec lui-même, á peine pouvait-il croire qu'il fût le même homme qui tremblait aujourd'hui d'envisager ses crimes et sa destinée. A peine y avait-il quelques semaines que, pur et vertueux, il était recherché par les gens les plus sages et les plus distingués de Madrid, et regardé par le peuple avec une vénération qui approchait de l'idolâtrie. A présent, souillé des crimes les plus honteux, les plus horribles, il se voyait en exécration à l'univers, prisonnier de l'inquisition, et probablement destiné à subir le plus affreux des supplices. Il n'avait aucun espoir d'en imposer á ses juges. Les preuves étaient contre lui trop évidentes. L'heure, le lieu où il avait été trouvé, le sang répandu sur lui, le poignard à ses côtés, sa fuite et son effroi, tout le désignait comme l'assassin d'Antonia. Il attendait, en tremblant, le jour de son jugement. Nulle ressource ne se présentait pour le consoler dans son malheur. La religion ne pouvait lui inspirer aucun courage. S'il parcourait les livres saints qu'on lui avait laissés, il y trouvait partout sa condamnation. S'il essayait de prier, il se rappelait qu'il était indigne de la miséricorde divine. Ses crimes lui semblaient trop monstrueux pour ne pas surpasser la bonté infinie du Tout-Puissant. Pour tout autre pécheur, il pouvait, selon lui, y avoir quelque espoir; mais il n'y en avait plus pour lui. Voyant le passé avec horreur, tourmenté par le présent, et frémissant pour l'avenir, il passa ainsi le petit nombre de jours qui précédèrent celui de son interrogatoire.

Ce jour arriva. A neuf heures du matin on ouvrit la porte de sa prison, et son geolier y étant entré, lui ordonna de le suivre. Il obéit en tremblant. On le conduisit dans une grande salle tendue de drap noir. Devant une table étaient assis trois hommes, aussi vêtus de noir, d'un maintien grave et sévère. L'un d'eux était le grand Inquisiteur, que l'importance de cette cause avait déterminé à l'examiner soi-même. Devant une table moins élevée, á une petite distance, était le Secrétaire avec tout ce qui lui était nécessaire pour écrire. Ambrosio reçut ordre d'avancer, et de se placer au bout inférieur de la table. Jetant les yeux autour de lui, il aperçut par terre plusieurs morceaux de fer, d'une forme qui lui était inconnue. La crainte lui suggéra sur-le-champ que ce devaient être des instrumens de torture. Il pâlit et chancela.

Un profond silence régnait dans la salle, et n'était interrompu que lorsque les Inquisiteurs se parlaient tout bas les uns aux autres. Près d'une heure se passa ainsi, pendant laquelle les craintes d'Ambrosio croissaient á chaque minute. Enfin une petite porte, opposée à celle par où il était entré, s'ouvrit en tournant pesamment sur ses gonds; un officier parut, suivi de la belle Matilde. Ses cheveux tombaient en désordre sur son visage; ses joues étaient pâles, ses yeux éteints et enfoncés. Elle jeta sur Ambrosio un coup-d'œil triste et tendre. Il lui répondit par des regards où se peignaient la haine et le reproche. On la fit placer devant lui. Une horloge sonna trois heures; c'était l'instant marqué pour l'ouverture de l'audience : les Inquisiteurs commencèrent leurs fonctions.

Dans ces procès, on n'énonce jamais ni l'accusation, ni le nom de l'accusateur. On demande seulement aux prisonniers s'ils veulent avouer. S'ils répondent que, n'ayant point commis de crime, ils n'ont point de confession á faire, on les met sur-le-champ à la torture. On recommence ainsi par intervalles, jusqu'á ce que les prévenus s'avouent coupables, ou que les examinateurs soient fatigués du spectacle de leur tourmens. Mais l'Inquisition ne prononce jamais définitivement sur le sort des accusés, sans un aveu formel de leur part. En général, on laisse passer beaucoup de temps avant de les interroger. Mais le jugement d'Ambrosio avait été accéléré á cause d'un *auto-da-fé* solennel qui devait avoir lieu dans quelques jours, et dans lequel les Inquisiteurs, pour faire preuve de vigilance voulaient faire jouer un rôle á ce criminel distingué.

Le Prieur n'était pas seulement prévenu de viol et d'assassinat, on l'accusait en outre, ainsi que Matilde, de sorcellerie. Elle avait été arrêtée comme complice de l'assassinat d'Antonia. On avait trouvé dans sa cellule des instrumens et des livres suspects qui déposaient contre elle. On produisit, á la charge du Moine, le miroir constellé que Matilde avait, par hasard, laissé chez lui. Don Ramirez, en visitant sa cellule, avait été frappé des figures bizarres qui étaient gravées dessus; en conséquence il l'avait emporté avec lui. On le montra au grand Inquisiteur, qui, après l'avoir considéré avec attention, prit une petite croix d'or attachée á sa ceinture, et la mit sur le miroir. On entendit à l'instant un bruit pareil á un coup de tonnerre, et l'acier se brisa en mille morceaux. Cette circonstance confirma le soupçon que le Moine s'était occupé de magie. On supposa même que sa grande faveur populaire était due á quelque sortilége.

Résolus à lui faire avouer, non-seulement les crimes dont il était coupable, mais même ceux qu'il n'avait pas commis, les Inquisiteurs commencèrent leurs procédures. Quoiqu'aussi épouvanté de la torture, que de la mort qui devait le livrer aux tourmens éternels, le Prieur soutint son innocence d'une voix ferme et hardie. Matilde suivit son exemple; mais elle tremblait, et sa voix était mal assurée. Ayant en vain exhorté Ambrosio á avouer, les Inquisiteurs le firent appliquer á la torture. On exécuta l'ordre á l'instant. Le misérable souffrit les tourmens les plus cruels que la barbarie de l'homme ait jamais inventés. Cependant la mort est si terrible pour un coupable, qu'il eut assez de force pour persister dans son désaveu. On redoubla ses souffrances, et on ne se ralentit que, lorsque évanoui à force de douleur, l'insensibilité l'eut soustrait á la rage de ses bourreaux.

On ordonna ensuite de donner la torture à Matilde; mais épouvantée parce qu'elle avait vu souffrir au Moine, le courage lui manqua. Elle se jeta á genoux, avoua ses intelligences avec les esprits infernaux, et convint qu'elle avait été témoin de l'assassinat d'Antonia. Quant au crime de sorcellerie, elle déclara qu'elle seule en était criminelle, et qu'Ambrosio était, à cet égard, parfaitement innocent. On ne crut point á cette dernière assertion. Le Prieur avait recouvré ses sens assez tôt pour entendre l'aveu de sa complice. Il était trop affaibli parce qu'il avait déjà souffert, pour qu'on lui fit subir de nouveaux tourmens. On le renvoya á sa prison, en lui disant qu'aussitôt qu'il aurait repris assez de force, on lui ferait subir un nouvel examen. Les Inquisiteurs espéraient qu'alors il serait moins obstiné. On annonça á Matilde qu'elle expierait son crime par le feu au prochain *auto-da-fé*. Ses prières ni ses larmes ne purent rien changer á son sort. On l'entraîna de force hors de la salle.

Ambrosio, retourné dans son cachot, éprouvait dans son corps moins de douleurs que d'angoisses en son ame. Ses membres disloqués, ses ongles arrachés des mains et des pieds, et ses doigts brisés par la pression des étaux, tout cela n'était rien en comparaison de l'agitation de son esprit, et de la violence de ses craintes. Il voyait, qu'innocent ou coupable, ses juges étaient résolus á le condamner. Le souvenir de ce qui lui avait coûté sa dénégation le faisait frémir de l'idée d'une nouvelle torture, et le déterminait presque á avouer ses crimes. Les suites de cet aveu se présentaient alors devant lui, et le rejetaient dans son irrésolution. Sa mort, en ce cas, était inévitable, et une mort du genre le plus terrible. Il avait entendu l'arrêt de Matilde, il ne doutait pas qu'on ne lui en réservât un semblable. Il frémissait de la proximité de l'*auto-da-fé*, de l'idée de périr dans les flammes, et de n'échapper á des tourmens passagers, que pour en aller subir d'éternels. Il mesurait avec effroi l'espace qui le séparait du tombeau, et ne pouvait se dissimuler combien il avait de raison pour craindre la vengeance du ciel. Perdu dans ce labyrinthe de terreurs de tout genre, il aurait bien voulu se réfugier dans le gouffre de l'athéïsme; il aurait bien voulu douter de l'immortalité de l'ame, se persuader que ses yeux une fois fermés, ne se rouvriraient plus, et qu'un même jour anéantirait son ame avec son corps. Cette triste ressource même lui était interdite. Il avait l'esprit trop juste, trop éclairé, pour ne pas sentir la fausseté de cette doctrine des scélérats. Il concevait, il sentait malgré lui l'existence d'un Dieu. Ces vérités, qui jadis faisaient sa consolation et son espoir, se représentaient à lui plus claires et plus frappantes, et leur souvenir alors était un supplice; elles renversaient toute supposition d'impunité. Dissipées par l'irrésistible clarté de l'évidence, les vaines illusions de la philosophie s'évanouissaient comme un songe.

En proie á des souffrances plus grandes qu'une créature humaine ne semble pouvoir en supporter, il attendait le jour où il devait subir son second examen; il s'occupait á faire d'inutiles projets pour échapper aux châtimens présens et à venir. Quant aux premiers, il n'y avait nulle possibilité; et le désespoir lui faisait négliger les seuls moyens d'éviter les seconds. En même-temps que la raison le forçait à reconnaître l'existence d'un Dieu, sa conscience coupable le faisait douter de son infinie miséricorde. Il ne pouvait croire qu'un pécheur comme lui pût trouver grâce. Ce n'était pas par erreur qu'il avait failli : l'ignorance ne pouvait lui servir de prétexte. Avant de commettre ses crimes, il les avait pesés á loisir ; il en avait connu toute l'énormité , et cette conviction ne l'en avait pas détourné.

« Un pardon ! s'écriait-il dans un accès de rage. — Il n'y a point de pardon pour moi ».

Dans cette persuasion , au lieu de s'humilier dans le repentir , au lieu de déplorer ses fautes , et d'employer le peu d'heures qui lui restaient á conjurer la colère de Dieu , il s'abandonnait aux transports du désespoir ; il s'affligeait de la punition et non du crime ; il exhalait sa douleur en vains soupirs , en inutiles lamentations , en malédictions et en blasphêmes. Lorsqu'au peu de jour , qui , à travers les barreaux de sa fenêtre, éclairait sa chambre, succédait la clarté douteuse d'une mauvaise lampe , ses terreurs redoublaient , ses idées devenaient plus sombres et plus fâcheuses ; il redoutait l'approche du sommeil ; ses yeux , fatigués de veiller et de pleurer , n'étaient pas plutôt fermés, que son imagination réalisait les fantômes dont il s'était occupé pendant le jour. Il se trouvait au milieu des sulfureux abîmes, dans des fournaises ardentes qu'attisaient des spectres horribles, qui prenaient, l'un après l'autre, plaisir à l'y précipiter. Parmi ces fantômes, il voyait errer l'ombre d'Elvire et celle de sa fille; elles lui reprochaient leur mort, racontaient ses crimes aux démons épouvantés, et les invitaient à trouver, pour le punir, quelques supplices nouveaux. Ces sinistres objets le poursuivaient pendant tout le temps de son sommeil, et ne le quittaient que lorsque l'excès de la douleur mettait fin à son repos. Il se levait brusquement de la terre sur laquelle il était couché, le visage décomposé, les yeux égarés, et le front couvert d'une sueur froide. Une triste réalité remplaçait alors ces illusions affreuses. Il se promenait á grands pas dans son cachot, contemplant avec horreur l'obscurité qui régnait autour de lui, et souvent il s'écriait:

« Oh! que les nuits d'un criminel sont affreuses »!

Le jour de son second examen était proche. On l'avait forcé d'avaler des cordiaux, destinés á lui rendre des forces, et á le mettre en état de soutenir la question plus long-temps. Le soir qui précéda ce terrible jour, ses craintes du lendemain ne lui avaient point permis de dormir: sa frayeur avait presque éteint ses facultés morales. Enseveli dans une morne stupeur, il était assis près d'une table sur laquelle sa lampe était posée. Le désespoir lui ôtait jusqu'á la pensée, et il passa ainsi quelques heures sans pouvoir ni parler, ni se mouvoir, ni réfléchir.

« Lève les yeux, Ambrosio, lui dit une voix dont le son lui était familier ».

Le Moine surpris, jette un triste regard: il aperçoit Matilde. Elle avait quitté son habit religieux pour prendre un habit de femme aussi riche qu'élégant. Son vêtement était éclatant de pierreries, et ses cheveux étaient retenus par une guirlande de roses. Dans la main droite elle portait un petit livre. Une vive expression de plaisir brillait sur tous ses traits; mais il s'y mêlait une sorte de dignité farouche qui en imposait au Moine, et qui tempéra la joie qu'il éprouvait á la recevoir.

« Vous ici, Matilde, lui dit-il enfin, comment y êtes-vous entrée? où sont vos fers? que veut dire cette magnificence, et que signifie cette joie qui éclate dans vos yeux? Nos juges s'appaisent-ils? y a-t-il quelque espoir d'échapper? Répondez-moi, par pitié, et dites-moi ce que je dois craindre ou espérer ».

« Ambrosio, répondit-elle avec une gravité dédaigneuse, j'ai éludé les fureurs de l'Inquisition : je suis libre. Quelques instans vont mettre des espaces immenses entre moi et ces cachots. Mais j'ai payé cher ma liberté ; je l'ai achetée á un prix terrible. Osez vous en donner une semblable. Ambrosio, osez-vous franchir sans crainte les bornes qui séparent l'homme des êtres incorporels ? Vous vous taisez, vous me regardez avec des yeux inquiets et soupçonneux ; je lis dans votre pensée. Vous ne vous trompez pas. Il est vrai, Ambrosio, j'ai tout sacrifié pour la vie et la liberté. Je n'ai plus de prétention au ciel ; j'ai renoncé au service de Dieu ; je me suis enrolée sous la bannière de ses ennemis. La chose est sans remède ; et s'il m'était possible de revenir sur mes pas, je ne voudrais pas le faire. Ah ! mon ami ! expirer dans ces affreux supplices, mourir au milieu des malédictions et des injures, endurer les outrages d'une populace furieuse, subir toutes les humiliations de la honte et de l'infamie ! qui peut penser sans frémir á une pareille destinée ? Certes, je me félicite de mon marché ; j'ai acquis, au prix d'un avenir douteux et éloigné, un bonheur présent et certain. J'ai conservé une vie que j'allais perdre dans les tourmens, et je me suis procuré le moyen de rendre á mon gré cette vie délicieuse. Les esprits infernaux m'obéissent comme à leur chef. Par leurs soins, je vais passer le reste de mes jours dans l'ivresse de la volupté; je vais jouir sans contrainte de tous les plaisirs des sens; je satisferai tous mes goûts; et s'ils viennent á s'émousser par la satiété, je commanderai á mes esclaves d'inventer de nouvelles jouissances, et de me donner de nouveaux besoins. Je suis impatiente d'exercer mon empire; je brûle de me voir en liberté. Rien n'aurait pu me retenir un instant dans ces tristes demeures, que l'espoir de vous engager á suivre mon exemple. Ambrosio, je vous aime toujours; nos fautes, nos périls communs, vous ont rendu plus cher à mon cœur, et je voudrais vous arracher á l'inévitable danger qui vous menace. Appelez donc à votre aide tout ce que vous avez de résolution; renoncez, pour des avantages prochains et indubitables á l'espoir d'un salut incertain et difficile, impossible peut-être. Dépouillez-vous des préjugés vulgaires; abandonnez un Dieu qui vous a abandonné, et élevez-vous á la dignité des êtres supérieurs.

Elle se tut pour attendre la réponse du Moine. Il hésita.

« Matilde, dit-il, après un long silence, d'une voix basse et mal assurée; quel prix avez-vous donné pour obtenir votre liberté » ?

Elle lui répondit d'un ton ferme et délibéré :

« Mon ame, Ambrosio ».

« Malheureuse femme ! qu'avez-vous fait? Vous avez quelques années á vivre ; et après, quels seront vos tourmens » !

« Homme faible, vous avez une nuit á passer ; et après, quels seront les vôtres ? Vous souvenéz-vous de ce que vous avez déjà souffert ? demain vos douleurs seront une fois plus vives. Songez-vous aux horreurs du feu ? Dans deux jours on va vous attacher au fatal poteau ; que deviendrez-vous alors? Osez-vous donc bien compter sur le pardon de Dieu ? vous faites-vous encore illusion sur votre salut ? Pensez á vos crimes ! pensez á votre libertinage, á votre cruauté, à votre hypocrisie ! pensez au sang innocent qui crie vengeance contre vous devant le trône du Seigneur ! Et puis croyez á sa miséricorde ! flattez-vous encore d'aller au ciel, et d'y nager dans les plaisirs, à l'ombre des bosquets éternels ! Insensé ! ouvrez lez yeux, Ambrosio, et soyez sage. L'enfer vous attend, vous êtes condamné ; déjá les abîmes enflammés sont ouverts pour vous recevoir au sortir du tombeau. Voulez-vous donc vous presser d'arriver à cet enfer inévitable ? voulez-vous hâter votre malheur au lieu de le reculer ? voulez vous courir au-devant de ces flammes, quand vous pouvez encore, pendant quelque temps, les éviter? C'est de la folie. Non, non! Ambrosio; fuyons plutôt la vengeance divine, au lieu de l'accélérer; croyez-moi, achetez, par l'effort d'un moment, le bonheur de plusieurs années. Jouissez du présent, et oubliez qu'un avenir nous poursuit».

« Matilde, vos conseils sont dangereux; je ne peux, je n'ose les suivre. Je ne veux point renoncer á mes droits au salut; mes crimes sont grands, mais Dieu est miséricordieux, et je ne désespère point de mon pardon».

« Voilá donc votre résolution? je n'ai plus rien á dire; je revole vers la joie et la liberté, et je vous abandonne á la mort et aux supplices éternels».

« Encore un moment, Matilde. Vous commandez aux esprits infernaux. Vous pouvez ouvrir les portes de ce cachot, vous pouvez briser mes chaînes; sauvez-moi, je vous en conjure, emmenez-moi de ces terribles lieux».

« Vous me demandez la seule chose qui me soit impossible. Il ne m'est pas permis de secourir un ecclésiastique, ni un serviteur de Dieu. Renoncez á ces titres, et disposez de moi».

« Je ne veux pas dévouer mon ame á la damnation éternelle».

« Persistez dans votre obstination ; quand vous serez sur le bûcher, vous reconnaîtrez votre erreur, et, vous repentant trop tard, vous voudrez échapper lorsqu'il ne sera plus temps. Je vous quitte. — Cependant, en cas que la raison vous revienne avant l'heure fatale, apprenez le moyen de réparer votre faute. Je vous laisse ce livre ; lisez les quatre premières lignes de la septième page ; l'esprit que vous avez déjá vu une fois vous apparaîtra á l'instant. Si vous êtes sage, nous nous reverrons ; sinon, adieu pour toujours ».

Elle laissa le livre tomber par terre ; un nuage de flamme bleuâtre se répandit autour d'elle ; elle fit de la main un signe à Ambrosio, et disparut. L'éclat momentané que les flammes avaient jeté dans le cachot, se dissipant tout-á-coup, sembla en redoubler l'obscurité. La lampe solitaire donnait à peine assez de clarté pour permettre au Moine de gagner une chaise. Il se jeta sur son siége, se croisa les bras, et, appuyant sa tête sur la table, s'abîma dans des réflexions sans ordre.

Il était encore dans cette attitude, lorsque quelqu'un, ouvrant sa porte, le fit sortir de son engourdissement. On le somma de paraître devant le grand Inquisiteur. Il se leva, et suivit á pas lents son geolier. Il fut conduit dans la même salle que la première fois, placé devant les mêmes examinateurs, et on lui demanda encore s'il voulait avouer. Il répéta que, n'ayant commis aucun crime, il n'en avait point à avouer; mais lorsqu'on eut donné l'ordre de le remettre á la question, lorsqu'il vit les instrumens préparés et les bourreaux prêts, et qu'il se rappela tout le mal qu'on lui avait déjà fait, tout son courage l'abandonna. Oubliant les suites auxquelles il s'exposait, et ne songeant qu'á échapper aux douleurs qui le menaçaient, il fit un ample aveu de tout ce qui s'était passé. Il avoua, non-seulement le crime dont il était accusé, mais ceux même dont jamais on ne l'avait soupçonné. Interrogé sur l'évasion de Matilde, dont on avait été fort surpris, il avoua qu'elle s'était vendue à Satan, et qu'elle était redevable de sa fuite á l'esprit malin. Il assura encore ses juges que, quant á lui, il n'était jamais entré dans uncun pacte avec les esprits infernaux. Mais de nouvelles menaces de la torture lui firent déclarer qu'il était sorcier, hérétique, et tout ce que voulurent les Inquisiteurs. En conséquence de ces aveux, on lui dit de se préparer á périr dans l'*auto-da-fé* qui devait avoir lieu, le même soir, à minuit. On avait choisi cette heure, dans l'idée que l'horreur des flammes étant augmentée par l'obscurité de la nuit, l'exécution en ferait plus d'effet sur l'esprit du peuple.

Ambrosio, plus mort que vif, fut laissé seul dans son cachot. Le moment où on lui prononça ce terrible arrêt, avait pensé être celui de sa mort. Il ne pouvait, sans frissonner, songer á ce qu'il deviendrait le lendemain. Minuit approchait. Quelquefois, il gardait un morne silence; dans d'autres momens, il devenait furieux, se tordait les mains, et maudissait le jour où il était né. Dans un de ces momens, ses yeux tombèrent sur le don mystérieux de Matilde. A l'instant, ses transports se calmèrent; il regarda fixement le livre, le ramassa, puis, tout-à-coup, le jeta loin de lui en frémissant. Il se mit á marcher á grands pas dans le cachot, puis s'arrêta. Jetant de nouveau les yeux sur l'endroit où le livre était tombé, il s'arrêta encore, et le prit une seconde fois. Il resta quelque temps incertain et tremblant, désirant d'essayer le charme, et en redoutant les effets Il ouvrit le livre; mais son trouble était si grand qu'il chercha d'abord inutilement la page indiquée par Matilde. Etonné de sa faiblesse, il rappela son courage, tourna la septième page, et commença á lire haut; mais ses yeux se détournaient souvent du livre, en errant autour de lui, pour y chercher l'esprit qu'il désirait et qu'il craignait de voir. Il persista pourtant dans son dessein. D'une voix chancelante et souvent interrompue, il vint à bout de lire les quatre premières lignes de la page.

Elles étaient écrites dans un langage qui lui était absolument inconnu. A peine avait-il prononcé les derniers mots, que l'effet du charme se fit sentir. On entendit un grand coup de tonnerre. La prison fut ébranlée jusques dans ses fondemens; un éclair brilla dans la chambre, l'instant d'après, au milieu d'un tourbillon de vapeurs sulfureuses, Lucifer parut devant lui; mais il ne se montra pas tel qu'Ambrosio l'avait déjà vu, lorsque, sur l'invitation de Matilde, il avait pris, pour le tromper, la forme d'un ange de lumière. Il parut dans toute la laideur qui, depuis sa chûte du ciel, a été son partage. Ses membres brûlés portaient encore les marques de la foudre du Tout-Puissant. Un brun basané s'étendait sur tous ses traits: de longues griffes armaient ses mains et ses pieds. Ses yeux étincelaient d'un feu sombre qui aurait glacé d'effroi le cœur le plus ferme. A ses énormes épaules étaient attachées deux grandes ailes noires; et sur sa tête, au lieu de cheveux, étaient des serpens vivans qui s'égitaient autour de son front avec des sifflemens affreux.

D'une main, il tenait un rouleau de parchemin, et de l'autre une plume de fer. Les éclairs brillaient autour de lui ; le tonnerre, par des éclats répétés, semblait annoncer la dissolution de la nature.

Epouvanté d'une apparition si différente de celle qu'il attendait, Ambrosio, les yeux fixés sur l'esprit malin, ne pouvait prononcer une parole. Le tonnerre avait cessé de gronder ; un silence absolu régnait dans la prison.

« Pourquoi suis-je mandé » ? dit le démon d'une voix rauque et sourde.

A ces mots, tout trembla. Une violente secousse ébranla la terre : l'on entendit un coup de tonnerre encore plus violent que le premier.

Ambrosio fut long-temps sans pouvoir répondre á la question de l'ange des ténèbres.

«Je suis condamné à mourir », dit-il enfin d'une voix faible, sentant son sang se glacer dans ses veines toutes les fois qu'il regardait le terrible étranger : « Sauvez-moi, emportez-moi d'ici ».

« Serai-je payé de ma peine ? Osez-vous embrasser ma cause ? Serez-vous á moi, corps et ame? Etes-vous prêt á renoncer á celui qui vous a créé, et qui est mort pour vous? Répondez seulement oui, et Lucifer est á vos ordres ».

« Ne sauriez-vous vous contenter d'un moindre prix ? Rien ne peut-il vous satisfaire que ma perte éternelle? Esprit, vous en demandez trop. Cependant, tirez-moi de ce cachot ; servez-moi pendant une heure, et je serai á vous pendant mille ans. Cela vous suffit-il » ?

« Non. Il faut que votre ame soit à moi, pour toujours à moi ».

« Insatiable démon ? Je ne veux pas me condamner á des tourmens éternels. Je ne veux pas renoncer à l'espoir d'obtenir un jour mon pardon ».

« Vous ne voulez pas? Sur quelle chimère reposent donc vos espérances? Aveugle mortel ! Misérable insensé ! N'êtes-vous pas coupable? n'êtes-vous pas infâme aux yeux des anges et des hommes ? Des crimes de cette espèce peuvent-ils se pardonner? Espérez-vous m'échapper? Votre sort est déjá décidé. L'Eternel vous a abandonné. Vous êtes marqué dans le livre du Destin pour m'appartenir. Il faut que vous m'apparteniez ».

« Cela est faux, Satan ; la bonté de Dieu est infinie, et celui qui se repent obtient son pardon. Mes crimes sont grands ; mais je ne désespère point. Peut-être un jour, lorsqu'ils auront été assez expiés..... ».

« Expiés ! Est-ce donc pour de pareils crimes qu'est fait le purgatoire ? Espérez-vous que vos péchés soient effacés par les patenôtres de quelques moines et de quelques dévôtes? Ambrosio, soyez sage. Vous êtes á moi. Vous êtes destiné aux flammes éternelles; mais vous pouvez éloigner l'instant d'y tomber. Signez ce parchemin; je vous emporterai hors d'ici, et vous pourrez passer le reste de vos ans dans l'aisance, le repos et la liberté. Jouissez de votre existence: livrez-vous aux plaisirs qui peuvent vous satisfaire; mais souvenez-vous que votre ame m'appartient au sortir de votre corps, et que je ne me la laisserai pas enlever ».

Le Moine se taisait; mais ses regards faisaient voir que les mots du tentateur n'étaient pas perdus. La proposition lui faisait horreur; d'un autre côté, il se croyait destiné á l'enfer, et pensait qu'en refusant les offres du démon, il ne faisait qu'accélérer des tourmens inévitables. L'esprit malin vit qu'il était ébranlé. Il renouvela ses instances. Pour tâcher de fixer son indécision, il lui peignit des couleurs les plus terribles les angoisses de la mort qu'il allait souffrir. Il profita si bien du désespoir et des craintes d'Ambrosio, qu'il le décida á prendre le parchemin. De sa plume de fer, il piqua le Moine à une veine de la main gauche, et en tira assez de sang pour écrire. La blessure ne fit aucun mal à Ambrosio. Le diable lui remit la plume. Le malheureux plaça le parchemin sur la table qui était devant lui, et se prépara á le signer. Puis, soudain il retira sa main, se leva brusquement, et jeta la plume sur la table.

« Que fais-je » ? s'écria-t-il. Se tournant ensuite vers l'Esprit, avec l'air du désespoir : « Laisse-moi, va-t-en. — Je ne signerai pas ce parchemin ».

« Insolent ! s'écria le démon mécontent, et lui lançant des regards propres à le pénétrer d'horreur, c'est ainsi que tu me joues ! Eh bien ! soit. Va mourir dans les supplices ; expire dans un accès de rage. Tu apprendras alors á compter sur la bonté de l'Eternel. Mais prends garde de te moquer de moi davantage. Ne me rappelle pas que tu ne sois décidé á accepter mes offres. Si tu me fais revenir une seconde fois pour rien, ces griffes te déchireront en mille pièces. Parle. Veux-tu signer le parchemin » ?

« Non. Laisse-moi. Va-t-en ».

Le tonnerre, á l'instant, recommença à gronder, et la terre à trembler avec violence ; le cachot retentit de cris horribles ; le démon s'enfuit en prononçant mille malédictions.

Dans le premier moment, le Moine se réjouit d'avoir résisté aux artifices du séducteur

ducteur, et triomphé de l'ennemi du genre-humain; mais l'heure du supplice approchait, et les terreurs recommencèrent. Leur courte interruption semblait leur avoir donné une vigueur nouvelle. Plus le moment était proche, plus il craignait de paraître devant le trône de l'Eternel. Il frissonnait, en songeant qu'il allait tomber dans l'abîme de l'éternité; qu'il allait avoir á soutenir les regards irrités du Dieu juste qu'il avait tant offensé. L'horloge sonna minuit. C'était l'instant où on devait le conduire au bûcher. En entendant le premier coup, le Prieur sentit tout son sang s'arrêter. La mort et la douleur semblaient résonner dans chacun des onze autres coups. Il crut voir arriver les archers, et sitôt que l'horloge eut fini de sonner, il saisit dans un mouvement de désespoir le magique volume; il l'ouvrit, en tourna rapidement les feuillets, jusqu'á la septième page; et, comme s'il eût craint de se donner le temps de réfléchir, il parcourut á la hâte les quatre lignes fatales. Lucifer, aussi terrible qu'á sa première visite, parut á l'instant devant lui.

« Vous m'avez appelé, dit Satan; êtes-vous devenu sage, acceptez-vous mes conditions? Vous les connaissez déjá. Renoncez á tous vos droits á la rédemption. Abandonnez-moi votre ame, et je vous emporte, à l'instant, de ce cachot. Il est encore temps, décidez-vous, ou il va être trop tard. Voulez-vous signer le parchemin » ?

« Il le faut bien. — J'y suis forcé. — J'accepte vos conditions ».

« Signez le parchemin », reprit le démon d'un ton joyeux.

Le contrat et la plume sanglante étaient sur la table. Ambrosio s'en approcha. Il se prépara á signer son nom. Un instant de réflexion le fit hésiter.

« Ecoutez, dit le tentateur, on vient ; dépêchez-vous. Signez le parchemin, et sur-le-champ je vous emporte ».

On entendait venir, en effet, les archers qui devaient conduire Ambrosio au bûcher. Le bruit de leurs pas décida le Moine.

« Que porte cet écrit » dit-il.

« Il me donne votre ame pour toujours et sans réserve ».

« Que dois-je recevoir en échange » ?

« Ma protection, et l'évasion du cachot. Signez, et je vous enlève ».

Ambrosio prit la plume ; il la mit sur le parchemin. Le courage lui manqua encore. Il sentit son cœur glacé d'une terreur secrète, et jeta encore une fois la plume sur la table.

« Homme lâche et stupide, s'écria le diable furieux, finissez ces sottises. Signez l'écrit á l'instant, ou je vous sacrifie á ma colère ».

Dans ce moment, on tira les verroux de la porte extérieure : le prisonnier distingua le bruit des chaînes ; il entendit tomber la lourde barre : les archers étaient sur le point d'entrer. Poussé jusqu'á la frénésie par l'urgence du péché, frémissant de l'approche de la mort, épouvanté par les menaces du démon, et ne voyant point d'autre moyen d'échapper á sa perte, le misérable céda. Il signa le contrat fatal, et le remit entre les mains du mauvais esprit, dont les yeux, en le recevant, étincelèrent d'une maligne joie.

« Tenez, dit le malheureux ; á présent sauvez-moi ! emmenez-moi d'ici » !

« Un moment; renoncez-vous librement et absolument á votre Créateur et à son Fils » ?

« Oui, oui ; j'y renonce ».

« M'abandonnez-vous votre ame pour toujours » ?

« Pour toujours ».

« Sans réserve, sans subterfuge? sans recours futur á la miséricorde divine « ?

La dernière chaîne tomba de la porte du cachot; on entendit la clef entrer dans la serrure.

« Je suis á vous irrévocablement et pour toujours, s'écrie le Moine égaré par la frayeur. J'abandonne tout droit à la rédemption. Je ne reconnais plus de pouvoir que le vôtre. Ecoutez, écoutez. Les voilà qui entrent! Sauvez-moi donc. Emportez-moi ».

« J'ai vaincu. Vous êtes à moi sans retour, et je remplis ma promesse ».

Pendant qu'il parlait, la porte s'ouvrit. A l'instant; le démon saisit un des bras d'Ambrosio, étendit ses larges ailes, et s'éleva avec lui dans les airs. La voûte s'ouvrit pour les laisser passer, et se ferma lorsqu'ils furent hors du cachot.

Cependant le geolier fut étrangement surpris de ne plus trouver son prisonnier: quoique ni lui ni les archers ne fussent entrés assez tôt pour voir le Moine s'échapper, une odeur de soufre répandue dans le cachot, leur apprit assez à qui il devait son évasion. Ils se hâtèrent de faire leur rapport au grand Inquisiteur. Bientôt le bruit se répandit dans la ville qu'un sorcier avait été emporté par le diable. Pendant quelque jours tout Madrid ne parla d'autre chose. Peu à peu on cessa de s'en entretenir; d'autres événemens survinrent et occupèrent à leur tour la conversation. Bientôt Ambrosio fut aussi oublié que s'il n'eût jamais existé.

Tandis que cela se passait, le Moine, soutenu par son guide infernal, traversait les airs avec la rapidité d'une flèche ; au bout de quelques momens, il se trouva déposé sur le bord du précipice le plus escarpé de la Sierra Morena.

Quoique arraché des griffes de l'inquisition, Ambrosio ne goûtait point le bonheur d'être libre. Le funeste contrat pesait sur son imagination : tout ce qui lui était arrivé lui avait fait tant d'impression que son ame en était bouleversée. Les objets qui l'environnaient, et que la lune, brillant de temps á autre au travers des nuages, lui permettait d'entrevoir, n'étaient pas propres á lui inspirer le calme dont il avait si grand besoin ; le désordre de son imagination s'augmentait par celui des lieux où il se trouvait. Il ne voyait de tous côtés que sombres cavernes, que rochers escarpés, s'élevant les uns au-dessus des autres, et cachant leurs sommets dans les nues. Quelques arbres solitaires étaient dispersés de loin en loin ; le vent passant avec peine au travers de leur épais feuillage, faisait entendre un sifflement monotone, qu'accompagnait, par intervalles, l'aigre cri des aigles nourris dans ces déserts ; les torrens gonflés par la fonte des neiges mugissaient, en se précipitant dans des abîmes, et venaient se répandre dans un lac étroit dont les profondes eaux réfléchissaient les rayons de la lune au pied du rocher sur lequel était Ambrosio. Le misérable jeta autour de lui des yeux étonnés. A ses côtés était son sinistre conducteur, qui lançait sur lui des regards de malice, de joie et de mépris.

« Où m'avez-vous conduit ? dit enfin le Moine, d'une voix tremblante, pourquoi suis-je dans ces tristes lieux? Emmenez-moi, conduisez-moi vers Matilde ».

L'esprit, sans répondre, continua à le contempler en silence.

«Je l'ai donc en ma puissance, ce modèle de piété, cet être sans reproche, ce mortel qui mettait ses vertus sublimes de niveau avec celles des anges ! Il est à moi irrévocablement, éternellement á moi ! Compagnons de mes malheurs, puissances de l'enfer, combien vous serez flattés de ma conquête» !

Il s'arrêta; puis, s'adressant au Moine:

« Vous conduire vers Matilde, continua-t-il en répétant les paroles d'Ambrosio; misérable ! vous serez bientôt avec elle, vous méritez bien d'être placé près d'elle; car l'enfer n'a pas de plus grand pécheur que vous. Ecoutez, Ambrosio, je vais vous dévoiler vos crimes; vous avez versé le sang de deux innocentes. Antonia et Elvire ont péri de votre main. Cette Antonia que vous avez violée, était votre sœur; cette Elvire que vous avez tuée, c'était votre mère. — Tremblez, odieux hypocrite, cruel parricide, ravisseur incestueux. Tremblez de l'étendue de vos forfaits. Et c'est vous qui vous croyez á l'épreuve des tentations, au-dessus des faiblesses humaines, et exempt de vices et d'horreurs! L'orgueil est-il donc une vertu? L'inhumanité n'est-elle pas un vice? Apprenez, homme petit et vain, que je vous avais depuis long-temps désigné pour devenir ma proie; je voyais que vous n'étiez vertueux que par vanité, et non par principe; et j'ai saisi le moment propice pour vous séduire. J'avais observé votre aveugle idolâtrie pour le portrait de la Madone. Je commandai á un esprit du second ordre, mais adroit et rusé, de prendre une figure semblable á ce portrait; vous cédâtes facilement aux artifices de Matilde. Votre vanité fut touchée de ses flatteries; votre luxure n'attendait qu'une occasion pour se montrer; vous tombâtes aveuglément dans le piége, et vous commîtes sans scrupule une faute que, dans un autre, vous blâmiez sans pitié. J'avais peine á vous proposer des crimes aussi vîte que vous les commettiez. C'est moi qui ai placé Matilde sur votre chemin; c'est moi qui vous ai aidé á entrer dans la chambre d'Antonia; c'est moi qui vous ai mis á la main le poignard avec lequel vous avez assassiné votre sœur ; c'est moi aussi qui, dans un songe, avertis Elvire de vos desseins sur sa fille ; et vous empêchant ainsi de profiter du sommeil d'Antonia, vous forçais d'ajouter le meurtre et l'inceste á la liste de vos crimes. Ecoutez ! écoutez ! Ambrosio, si vous m'aviez résisté une seule minute de plus, vous auriez sauvé votre corps et votre ame. Les gardes que vous avez entendus á la porte de votre prison, venaient pour vous signifier votre grâce. Mais j'avais déjà vaincu ; mon projet était consommé. Vous êtes á moi ; le ciel lui-même ne peut vous arracher de mes mains. N'espérez pas que votre repentir annulle un jour notre marché. Le voilá signé de votre sang ; vous avez abandonné toute prétention á la miséricorde divine, et rien ne peut vous rendre des droits auxquels vous avez si formellement renoncé. Croyez-vous que vos arrières pensées m'aient échappé ! Non, non ! Je les connais toutes, vous comptiez bien avoir encore le temps de vous repentir. J'ai vu votre artifice, j'en connaissais l'erreur, et j'ai pris plaisir á tromper le trompeur ; vous êtes á moi sans retour : je suis pressé de jouir de ce qui m'appartient : vous ne quitterez point vivant ces montagnes ».

Pendant ce discours, Ambrosio, stupide d'étonnement et de crainte, n'avait pas osé

osé parler. Ces derniers mots le réveillèrent.

« Je ne quitterai pas vivant ces montagnes? Perfide, que voulez-vous dire? Avez-vous oublié notre marché »?

L'esprit malin répondit par un sourire de dédain.

« Notre marché? n'ai-je pas rempli mon engagement? vous ai-je promis autre chose que de vous sauver de votre prison, ne l'ai-je pas fait? n'êtes-vous pas en sûreté contre l'Inquisition, en sûreté contre tout le monde, excepté contre moi? Insensé que vous fûtes de vous fier au Diable; pourquoi n'avez-vous pas stipulé, pour avoir la vie, le pouvoir et le plaisir? je vous les aurais accordés alors. A présent, vos réflexions viennent trop tard... Scélérat, préparez-vous á la mort; vous n'avez pas long temps á vivre ».

A cet arrêt, le malheureux accablé tomba sur ses genoux, et leva les mains au ciel. Le malin lut dans sa pensée, et la prévint.

« Quoi! s'écria-t-il, lui jetant un regard de fureur, osez-vous bien encore implorer la miséricorde de Dieu? Allez-vous feindre le repentir et recommencer le rôle d'hypocrite? Misérable, abandonnez tout espoir de pardon. Voilá comme je m'assure de ma proie ».

Parlant ainsi, il enfonça ses griffes dans la tonsure du Prieur, et s'enleva avec lui de dessus le rocher. Les cris d'Ambrosio retentirent au loin dans la montagne. Le démon s'élevait rapidement. Parvenu á une hauteur immense, il lâcha sa victime. Le Moine, abandonné dans les airs, vint tomber sur la pointe alongée d'un rocher: il roula de précipice en précipice, jusqu'á ce que, brisé, froissé, mutilé, il s'arrêtât sur le bord d'une rivière. La vie n'était pas encore éteinte dans son corps déchiré. Vainement il essaya de se relever, ses membres disjoints et rompus lui refusèrent leur office: il ne put quitter le lieu où il était tombé. Le soleil venait de paraître sur l'horison: ses rayons brûlans tombaient á plomb sur la tête du pécheur expirant; des millions d'insectes, éveillés par la chaleur, vinrent sucer le sang qui coulait des blessures d'Ambrosio. Il ne pouvait se mouvoir pour les chasser. Ils s'acharnèrent sur ses plaies, lui en firent de nouvelles, le couvrirent de leur multitude, et lui firent souffrir autant de supplices que de morsures. Les aigles de la montagne déchirèrent sa chair en lambeaux, leurs becs crochus arrachèrent les prunelles de ses yeux. Dévoré d'une soif ardente, il entendait le murmure des eaux coulantes á ses côtés, et ne put jamais se traîner vers la rivière. Aveugle, furieux, désespéré, exhalant sa rage en exécrations et en blasphêmes, maudissant son existence, et pourtant redoutant la mort qui devait le livrer á des tourmens plus grands encore, il languit ainsi pendant six jours entiers. Le septième, il s'éleva une tempête ; les vents en fureur ébranlèrent les rochers et renversèrent les forêts. Les cieux se couvrirent de nuages enflammés; la pluïe en torrens inonda la terre ; la rivière grossie surpassa ses rives ; le flots gagnèrent le lieu où était Ambrosio, et leurs cours entraîna vers l'Océan le cadavre du malheureux Moine.

Fin du quatrième et dernier tome.

traîner dans la rivière. Aveugle, furieux, désespéré, exhalant sa rage en exécrations et en blasphèmes, maudissant son existence, et pourtant redoutant la mort qui devait le livrer à des tourmens plus grands encore, il languit ainsi pendant six jours [illegible], il s'éleva une tempête [illegible] d'horreur ébranlèrent la [illegible] renversant les forêts. Les [illegible] nuages enflammés [illegible] inonda la terre; la [illegible] rives; les flots [illegible] Ambrosio, et [illegible] vers l'Océan le cadavre [illegible] Moine.

Fin du quatrième et dernier tome.

AVIGNON, OFFRAY AÎNÉ, IMPR.-LIBR.

www.ingramcontent.com/pod-product-compliance
Ingram Content Group UK Ltd.
Pitfield, Milton Keynes, MK11 3LW, UK
UKHW012221240726
13966UKWH00003B/888

9 782012 395947